Klarant Verlag

Der Autor ***Martin Windebruch*** ist verheiratet und stammt aus einer Familie mit ostfriesischen Wurzeln. Sein Großvater wurde in Rysum geboren. Er selbst hat im Rahmen seines Studiums zu dem Themengebiet »Ostfriesische Auswanderer« geforscht. So kennt er sich bestens zwischen Großem Meer und Krummhörn aus.
Für Martin Windebruch lag es daher nahe, seine Kriminalromane in Ostfriesland anzusiedeln und sich Geschichten auszudenken, die sich so, wie er sie beschreibt, eigentlich auch nur im Land hinter den Deichen ereignen können.

Martin Windebruch

Auricher Hass

Brookmer und Jacobs ermitteln 14

Ostfrieslandkrimi

Klarant Verlag

Copyright © 2025 Klarant GmbH, Rockwinkeler Heerstraße 83, 28355 Bremen
Klarant Verlag, www.klarant.de – www.ostfrieslandkrimi.de
E-Mail: ostfrieslandkrimis@klarant.de
ISBN: 978-3-68975-300-9
1. Auflage 2025
Umschlagabbildung: Klarant Verlag

Printed in the EU.

Kapitel 1

Die Sonne war aufgegangen, und der blaue wolkenfreie Himmel zog sich strahlend bis zum Horizont, wo er auf die grünen Wiesen Ostfrieslands traf. Kathrin Peikenkamp mochte es, hier draußen zu sein. Sie befand sich in Hinte, dessen Bauernschaften und Dörfer zum Landkreis Aurich gehörten. Die meisten Einwohner dieser Dörfer arbeiteten aber eher in Emden und kauften auch dort ein.

Hier draußen musste sie immer an ihre Kindheit denken. Die ersten Jahre hatte sie auf einem Bauernhof gelebt, den ihre Großeltern betrieben hatten. Ihre Eltern hatten in einer kleinen Einliegerwohnung über einer ausgebauten Scheune gewohnt und ihre Ausbildung beenden müssen. Kathrin war keineswegs ein geplantes Kind, und ihr Vater war eigentlich immer beschäftigt gewesen, erst mit seiner Ausbildung, dann mit seiner Arbeit. Kathrin hatte das Leben auf einem Hof immer als idyllisch empfunden.

Sie bog aus Richtung Aurich von der Bundesstraße 210 nach rechts auf die Landstraße ab. Eben noch war sie an Suurhusen und dem schiefen Kirchturm des Dorfes vorbeigefahren. Ihr Ziel aber war ein kleiner Ortsteil der Gemeinde Hinte. Das ehemalige Dorf Groß-Midlum trug, Kathrins Meinung nach, das Wort »groß« zu Unrecht im Namen, immerhin besaß es weniger als tausend Einwohner.

Hier am Meerkeweg fuhr sie in die Einfahrt zu einem alten Hof. Das Hauptgebäude war sicherlich hundert Jahre alt und mehrmals umgebaut worden. Die Scheunen daneben sahen aus, als wären sie im letzten Jahrhundert im Abstand von gut dreißig Jahren entstanden, und spiegelten jeweils eine etwas andere Art zu bauen wider, bis schließlich die neueste Scheune nicht mehr aus Stein war, sondern mit Metall verkleidet.

Kathrin Peikenkamp hielt vor dem Gebäude. Von hier aus waren es noch gut hundert Meter bis zum Haupthaus, doch da wollte sie gar nicht hin. Sie parkte so neben der Scheune, dass man sie vom Haupthaus aus nicht sehen konnte. Bis zur nächsten Scheune waren es auch nochmal mindestens zwanzig

Meter. Niemand war zu sehen. Sie kontrollierte ihr Aussehen im Rückspiegel des Autos und nahm dann ihre Brille ab, um sie in das Etui in ihrer Jackentasche zu stecken. Sie mochte nicht, dass die Brille ihre Augen vergrößerte. Sie fand, dass sie noch nicht wirkte wie beinahe vierzig, aber die großen Augen sahen nicht gut aus, und sie wollte heute hübsch sein. Leider hatte sie an diesem Morgen keine Kontaktlinsen eingesetzt, und nun war es zu spät: Die Linsen standen auf ihrem Nachttisch und da nützten sie ihr nichts. Dennoch freute sie sich, dass sie hergerufen worden war.

Sie lächelte, als sie aus dem Wagen ausstieg, und ihr Herz schlug höher. Sie war aufgeregt und fröhlich. Der einzige Gedanke, der sie ein wenig betrübte, war: Wohin würde das führen? Doch sie wollte dieser Frage nicht zu sehr nachgehen, denn sie war im Augenblick einfach nur glücklich. Das war es, was für sie zählte.

Sie betrat die Scheune. Ohne ihre Brille sah sie nicht mehr ganz so gut, aber es reichte vollkommen aus für das, worauf sie sich jetzt freute.

Sie sah sich um. In dieser Scheune standen wenige Gerätschaften, dafür aber unzählige Kisten und Kartons herum. Mehr als ein Drittel wurde von folierten Heuballen eingenommen.

Sie lächelte breiter bei der Erinnerung an ihr letztes Abenteuer im Heu. Einen Moment stand sie ungeduldig da. Die Luft war sehr trocken, und sie hatte das Gefühl, dass es in der Scheune viel zu warm war. Dann zog sie ihr Handy heraus und schaute, ob es eine weitere Nachricht gab.

Dann wartete sie. Als sie nach fünf Minuten noch immer niemanden hörte, kontrollierte sie erneut ihr Handy.

Sie überlegte, ob sie einen Anruf wagen sollte, entschied sich aber dagegen. Sie musste sich immerhin sonst auch ein wenig gedulden, und war es das nicht immer wert?

Sie sah noch einmal auf ihr Handy und zögerte dann.

Ihre Nasenflügel kräuselten sich, als sie einen Geruch wahrnahm, den sie nicht gleich einordnen konnte. Es roch unangenehm. Sie schnüffelte noch einmal kurz und versuchte zu erkennen, wo der Geruch herkam. Das roch nicht gut, überlegte sie, als würde etwas schmoren, das nicht gut brannte.

Sie sah sich um, griff in die Jackentasche und zog ihr Brillenetui heraus. Dann setzte sie sich die Brille auf und sah sich genauer um. Sie bemerkte Rauch, und als sie um einen Stapel großer Metallkisten ging, sah sie, dass ein Großteil des hinteren Bereiches der Scheune bereits in Flammen stand. Die Flammen züngelten über die trockenen einfolierten Heuballen, breiteten sich schnell über ein hölzernes Regal aus und schienen an Tempo zuzunehmen, während Kathrin Peikenkamp zusah. Sie schrie, sah sich panisch um und überlegte, was sie tun sollte.

Ihr erster Impuls war es, aus der Scheune hinauszurennen. Als sie draußen war, lief sie zu ihrem Auto. Sie wollte wegfahren, fliehen, bevor sie jemand hier entdeckte.

Dann zögerte sie.

Ich kann nicht einfach abhauen, dachte sie. *Wenn sich das Feuer ausbreitet, brennt die ganze Scheune ab, vielleicht sogar die nächste oder das Feld. Der ganze Hof kann in Gefahr kommen! Was ist, wenn niemand da ist, der es sieht?*

Sie biss sich auf die Unterlippe. Wenn sie jetzt die Feuerwehr rief, musste sie erklären, warum sie hier gewesen war, dachte sie, während sie wählte.

Es klingelte am anderen Ende und eine Stimme meldete sich und fragte, was es für einen Notfall gäbe.

Kurz überlegte sie, einfach eine anonyme Meldung zu geben und wegzulaufen. Doch in diesem Moment wusste sie, dass es nicht richtig war. Sie hatte sich entschieden. Sie würde damit zurechtkommen müssen.

*

Kriminalkommissar Dr. Evert Brookmer saß auf dem Beifahrersitz des Wagens der Fahrbereitschaft der Polizei Aurich. Auf dem Fahrersitz saß seine Kollegin Wiebke Jacobs. Beide gehörten zur Kriminalpolizei Aurich und fuhren in diesem Moment in die kleine Gemeinde Hinte. Dort hatte es am Morgen ein Feuer gegeben, und die Feuerwehr hatte noch während der

Löscharbeiten die Polizei verständigt, denn sie hatten eine Leiche gefunden.

Sie bogen in den Meerkeweg ein. Drei Scheunen sowie ein großes Hauptgebäude waren zu sehen. Eine der Scheunen hatte deutlich sichtbare Brandschäden. Zwei Löschfahrzeuge standen auf der Straße davor, und ein gutes Dutzend Männer in Feuerwehruniformen liefen herum. Dazwischen waren auch zwei Polizisten in der Uniform der Schutzpolizei zu sehen. Zwei Wagen der Polizei parkten neben den Feuerwehrfahrzeugen. Eines der Polizeiautos gehörte Wiebkes und Everts Kollegen aus Aurich, das andere hatte ein Emder Kennzeichen.

Wiebke hielt neben den Fahrzeugen. Ein uniformierter Polizist, den Evert nicht kannte, kam zu ihnen.

Er stieg aus dem Wagen aus und grüßte den Mann. »Moin, Kriminalpolizei Aurich.«

»Moin, Enno Wiebels, wir wurden zur Amtshilfe hergeholt. Ist ja direkt vor unseren Türen passiert.«

»Sie waren also zuerst am Fundort?«

»Direkt nach den Feuerwehrleuten«, sagte Enno Wiebels und nickte.

Heute Morgen um kurz nach sieben hatte jemand wegen eines Brandes in der Scheune die Feuerwehr gerufen. Die hatte bei den Löscharbeiten eine Leiche gefunden und erst die Polizeidienststelle in Emden informiert, die dann wiederum die eigentlich zuständige Dienststelle in Aurich gerufen hatte.

Wiebkes und Everts Kollege Klaas Behrends war schon vorgefahren und hatte sich den Fundort angesehen. Evert war etwas spät dran gewesen und seine Kollegin hatte auf ihn gewartet, damit sie zusammen fahren konnten.

Evert ging zum Kofferraum des Autos und öffnete ihn. Darin befand sich eine Hundebox, in der wiederum ein schwarzer Labrador Retriever saß und aufgeregt hechelte. Als die Kofferraumklappe geöffnet wurde, begann er neugierig zu schnüffeln. Noch immer lag ein verbrannter, rußiger Geruch in der Luft, den der Hund offenbar interessant fand.

Wiebke war derweil ebenfalls ausgestiegen und hatte sich dem Polizisten vorgestellt.

»Ist unser Kollege schon am Auffindungsort?«, fragte sie.

»Ist er«, bestätigte Enno Wiebels. »Aber Sie müssen sich bei der Feuerwehr noch Helme abholen.«

Evert kraulte seinen Hund kurz, ließ dann aber die Hundebox geschlossen und die Kofferraumklappe offen, damit dem schwarzen Labrador Retriever nicht zu warm wurde. Er wusste, dass sein Hund Fiete sich benehmen konnte, er wollte ihn aber auf keinen Fall an einen Fundort mitnehmen, vor allem nicht, wenn der möglicherweise einsturzgefährdet war.

Dann folgte Evert seiner Kollegin, die sich in diesem Augenblick mit einem der Feuerwehrleute unterhielt. Der reichte ihnen beiden je einen Helm.

»Tragen Sie die bitte im Inneren der Scheune. Wir gehen nicht, und das muss ich betonen, nicht davon aus, dass sie gleich zusammenbricht. Aber rein rechtlich dürfen wir da kein Risiko eingehen, wenn es um Ihre Sicherheit geht.«

»Natürlich«, bestätigte Wiebke, und Evert nickte, während er sich den Helm aufsetzte.

In diesem Moment kam Klaas Behrends aus der Scheune zu ihnen. Der Polizist in Uniform trug nicht seine übliche Dienstmütze, sondern ebenfalls einen Helm der Rettungskräfte. Er nahm ihn ab, als er die Scheune verließ. Sein kurzes, krauses Haar zeigte noch deutlich den Abdruck des Helms.

Dann entdeckte Klaas seine beiden Kollegen und kam auf sie zu. »Moin, da seid ihr ja. Kommt mal mit, der Auffindungsort ist halbwegs gesichert.«

»Dir auch erstmal moin«, sagte Wiebke und setzte ihren Helm auf. »Ist Dr. Elias schon unterwegs?«

»Ja, der Gerichtsmediziner beeilt sich, braucht aber sicher noch eine Viertelstunde. Es hat etwas gedauert, einen Wagen zu organisieren.«

»Sind im Moment so viele Kollegen im Einsatz?«, meinte Evert.

Klaas ging in die Scheune voran, setzte sich seinen Helm auf und antwortete: »Kann ja nicht jede Einrichtung so gut ausgestattet sein wie die Polizei Aurich, Herr Doktor.«

Klaas Behrends nannte Evert Brookmer gerne nur »Herr Doktor«, da dieser einen Doktortitel in Kriminologie besaß und Klaas das als übertrieben empfand. Seinem Verständnis nach brauchte es eine solche Verkopfung des Berufs nicht, auch wenn er sich inzwischen ganz gut mit Evert angefreundet hatte.

Sie folgten ihm in die Scheune, in der Dutzende Kisten neben einer alten Landmaschine gestapelt standen. Der Geruch war unangenehm, und als sie weitergingen, sah Evert auch sofort, warum: Dahinter lagen abgebrannte Silageballen, deren Plastik deutlich angeschmort war.

»Also, Frau Kathrin Peikenkamp von einem Botendienst fuhr vorbei und sah den Rauch aus einem der hinteren Dachfenster. Eines ist auf. Sie fuhr dann her, schaute nach, ob das wirklich ein Brand war, und rief dann die Feuerwehr.«

»Sehr aufmerksam von ihr«, meinte Wiebke.

»Wo ist sie jetzt?«, fragte Evert.

»Bei den Rettungskräften. Ich dachte, ihr wollt auch noch kurz mit ihr reden. Sie wirkt ziemlich durch den Wind, da wollte ich, dass der Sanitäter mal mit ihr redet. Wenn sie unter Schock steht, sollte sie nicht Auto fahren.«

»Tja, die Leute sind unterschiedlich mitgenommen von solchen Tragödien«, meinte Wiebke. »Oder kannte sie den Toten?«

»Das weiß ich noch nicht. So, hier ist er«, sagte Klaas. Er führte sie zwischen verbrannten Kisten hindurch, die offenbar teilweise aus Metall und Kunststoff gewesen waren und nun ineinander verschmolzene und verbogene Strukturen gebildet hatten.

Zwischen den Kisten lagen die angebrannten Überreste eines Menschen. In der verkohlten Leiche steckte eine Forke.

»Ich denke, die Todesursache ist auch ohne Gerichtsmediziner herauszubekommen«, meinte Evert. Er trat neben die Leiche, um sich das Ganze besser ansehen zu können. »Das ging mitten in die Brust, eine der Spitzen könnte das Herz verletzt haben.«

»Ja, so oder so wurde die Lunge mehrfach punktiert«, bestätigte Klaas. »Da muss jemand ziemlich Kraft gehabt haben.«

»Oder Wut«, bemerkte Wiebke. »Da die Mordwaffe noch in ihm steckt, könnte er also vermutlich hier zu Tode gekommen sein.«

»Nicht unbedingt«, sagte Klaas. »Aber es ist tatsächlich unwahrscheinlich, dass man ihn mit der Forke in der Brust noch viel bewegt hat. Ich habe alles gut dokumentiert, um mit den Kollegen von der Kriminalistik herauszubekommen, aus welchem Winkel zugestochen wurde. Lag das Opfer am Boden oder stand es? Das ist ein wichtiger Unterschied.«

»Die Leiche sieht ungleichmäßig verbrannt aus«, murmelte Wiebke. »Das Feuer hat hier irgendwo seinen Anfang genommen?« Sie sah zu Klaas.

»Die Feuerwehr nimmt an, dass sich die Flammen nicht weit von hier auszubreiten begannen. Der Brandbeschleuniger muss hier großflächig verteilt worden sein, bis dort, da ist eine Hintertür.« Er führte sie um einen in sich zusammengebrochenen Kistenstapel, bei dem Evert erst bei näherem Hinsehen erkannte, dass offenbar einmal ein dünnes Metallregal die Kisten getragen haben musste. Jetzt war alles verbogen und geschwärzt. Hinter dem Regal gab es eine Metalltür.

»Die ist nicht abgeschlossen, und so wie das Schloss aussieht, geht das auch nicht mehr«, sagte Klaas. »Ich könnte mir vorstellen, dass der Täter die Leiche da deponiert oder ihn auch getötet hat. Dann hat er den Brandbeschleuniger verteilt und ist zur Tür geflohen. Er hat dann alles angezündet und ist gegangen.«

»Wissen wir, wer der Tote ist?«

»So weit sind wir noch nicht. Ihr könnt gleich gerne mal mit dem Ehepaar reden, dem der Hof gehört. Einer von der Feuerwehr ist bei ihnen, der kennt sie wohl persönlich.« Klaas ging zurück zum Toten.

»Die Mordwaffe spricht dafür, dass er vor Ort in der Scheune umgebracht wurde«, meinte Evert. »Eine Forke könnte hier einfach herumgestanden haben und im Affekt benutzt worden sein.«

»Nur leider ist die Scheune gut von der Straße zugänglich und weder vorne noch hinten scheint sie abgeschlossen gewesen zu sein. Hier konnte jeder rein.«

»Aber offenbar wollte jemand die Tat vertuschen«, meinte Wiebke. »Oder wie brach das Feuer aus?«

»Wir haben diverse Proben genommen«, sagte Klaas. »Und ich habe auch mit den Feuerwehrleuten schon geredet. Das sieht alles nach Brandbeschleuniger aus, aber ob es Benzin, Spiritus oder sonst was war, müssen wir noch analysieren.«

»Aber es ist mit ziemlicher Sicherheit Absicht gewesen«, sagte Wiebke.

»Ja, da wollte jemand die Leiche verschwinden lassen«, meinte Evert.

»So sieht es aus«, sagte Klaas. »Möglicherweise trägt er auch Papiere mit sich, aber ich möchte hier ungern alles auseinanderpflücken. Wenn sein Personalausweis mit dem Rest seines Portemonnaies verbacken ist, muss man das säuberlich im Labor trennen.«

»Gut, du machst hier alles fertig und wartest darauf, dass Dr. Elias kommt, um die Leiche abzuholen«, sagte Wiebke. »Wir reden mit dieser Frau …«

»Peikenkamp«, warf Klaas ein.

»Danke, genau. Wir sprechen mit der Kurierfahrerin und dann mit den Scheunenbesitzern. Vielleicht finden wir auch so raus, um wen es sich handelt.«

»Wenn es euch hilft: Ich glaube, der Tote hat zwei goldene Kronen, eine ganz hinten rechts, die andere auf seinem Eckzahn, auch rechts«, sagte Klaas und beugte sich über die Leiche, um ihnen zu zeigen, was er entdeckt hatte.

»Sehr gut, das wird uns sicherlich helfen«, meinte Wiebke.

Sie verabschiedeten sich von ihrem Kollegen und gingen vor die Scheune.

Dort, bei einem der Einsatzwagen der Feuerwehr, saß eine Frau mit dem dampfenden Becher einer Thermoskanne in Händen auf einer der Trittstufen des Fahrzeugs. Sie hatte eine Decke um die Schultern geschlagen.

»Moin, Kripo Aurich, Kriminalkommissare Evert Brookmer und Wiebke Jacobs«, stellte Evert sich und seine Kollegin vor. »Sie sind Kathrin Peikenkamp?«

»Das bin ich«, sagte sie und nickte dabei bestätigend. Sie trug eine Brille, die ihre Augen ungewöhnlich stark vergrößerte, was ihr etwas Froschhaftes gab. »Einer der Feuerwehrleute hat mir gesagt, ich soll hier sitzen und warten. Ich könnte so nicht Auto fahren, ich sei zu apathisch«, meinte sie dann, mehr zu sich selbst als zu den Ermittlern. »Aber ich muss doch zur Arbeit.«

»Erzählen Sie uns bitte erstmal, wie das vorhin abgelaufen ist«, bat Evert sie.

»Na, also, ich habe da so eine Rauchfahne von der Scheune gesehen und bin hingefahren«, meinte Kathrin Peikenkamp. »Dann bin ich reingegangen. Mir war das sehr unangenehm, aber ich habe auf dem Hof schon bei früheren Gelegenheiten Sachen abgeliefert und ich wollte jetzt nicht unnütz die Feuerwehr dahinbestellen. Hinterher hätte ich den Aufmarsch bei einem falschen Alarm noch bezahlen müssen.«

»Wann war das?«, erkundigte sich Wiebke.

»Ich war um sieben hier«, erinnerte sich die Frau.

»Wir haben im Inneren die Leiche eines Mannes mit zwei goldenen Kronen gefunden, eine hinten rechts eine auf dem rechten Eckzahn. Sagt Ihnen das was?«

Sie sah Evert einen Moment nachdenklich an, und ihre Stirn legte sich in Falten. Der Kriminalkommissar konnte ihren Gesichtsausdruck dann nicht genau deuten, als sie schnell blinzelte und den Blick senkte.

»Ein Toter?«

»Ja.«

»Eine Krone auf dem Eckzahn? Weiß ich nicht, tut mir leid. Vielleicht einer der Leute, die hier wohnen, so genau schaue ich mir die nicht an, wenn ich Briefe abgebe. Ich arbeite für einen Emder Kurierdienst, De Bood. Steht auch auf meinem Auto. Wir bringen alles, Post, Waren und sogar Einkäufe für einige Supermärkte. Gibt einige Rentner hier draußen, die sich ihr Essen gerne liefern lassen, weil sie nicht mehr Auto fahren.« Sie nahm noch einen Schluck Tee.

Evert hatte das Gefühl, dass sie den letzten Teil ihrer Aussage einfach rezitiert hatte, wie etwas, das sie schon hundertmal gesagt hatte. Der Ermittler wusste, dass es den Leuten manchmal Sicherheit gab, wenn sie etwas Schockierendes erlebten.

»Haben Sie den Toten gesehen?«, fragte er.

»Nein«, antwortete sie. »Ich hab's nur mitbekommen, als die Feuerwehrleute darüber redeten. Glücklicherweise habe ich den Toten nicht gesehen. Wissen Sie, wer es ist?«

»Nein, noch nicht mit Sicherheit.«

»Gut, gut.«

Evert reichte ihr seine Karte. »Unter diesen Kontaktdaten erreichen Sie uns jederzeit, wenn Ihnen noch etwas einfällt.«

»Vielen Dank. Jetzt will ich aber erstmal mit dem Sani sprechen. Ich muss zur Arbeit«, sagte sie und stellte die nun leere Tasse neben sich ab.

Evert und Wiebke verabschiedeten sich von ihr. Anschließend holte Evert seinen Hund aus dem Kofferraum des Autos. Der schwarze Labrador Retriever streckte sich, während Evert die Kofferraumklappe schloss und ihn dann an die Leine nahm. Eigentlich traute er seinem Hund zu, gut genug erzogen zu sein, sich nicht zu weit vom Kriminalkommissar zu entfernen, doch andererseits wollte Evert es bei all den möglichen Ablenkungen auf einem Bauernhof nicht darauf ankommen lassen. Zusammen mit Wiebke ging Evert dann zum Haupthaus des Hofes.

Auf dem Klingelschild stand, dass der Hof der Familie Tamma gehörte. Das Schild war mittig auf der blau gestrichenen Holztür angebracht. Ungefähr in Kopfhöhe befand sich ein rautenförmiges, milchig-gelbes Glasfenster in der Tür.

Wiebke betätigte die Klingel, die neben der Tür angebracht worden war und deren graues Kunststoffgehäuse nicht ganz zum Eingang passte.

Es dauerte nur kurz, bis ein Feuerwehrmann öffnete. Seine Jacke hing an der Garderobe im großen Hausflur hinter ihm. Er trug ein dunkles T-Shirt und seine Einsatzhose, die er mit Hosenträgern am Bund befestigt hatte.

»Moin«, sagte er.

»Moin, Kripo Aurich, die Kriminalkommissare Brookmer und Jacobs«, stellte Evert sich und seine Kollegin vor. »Sie sind?«

»Florian Bils, ein Freund der Familie. Ich wohne nur einige Häuser weiter, und als wir hier zum Einsatz kamen, hat sich die Altje so aufgeregt. Also Altje Tamma, die Herrin des Hauses. Ihr Mann spielt mit mir Tischtennis. Ich habe sie dann mit Tilo, ihrem Mann, hergebracht. Aber ich muss jetzt auch wieder zu den anderen. Nicht dass die mich hierlassen.« Er griff nach seiner Jacke.

Ein Mann Anfang dreißig kam nun zu ihnen in den Flur. Er hatte kräftige Oberarme und blondes Haar, das er an den Schläfen deutlich kürzer trug.

»Ist für dich«, meinte der Feuerwehrmann zu ihm. Er verabschiedete sich und ging.

»Moin, ich bin Tilo Tamma«, sagte der Mann von Anfang dreißig. Sein dunkelgrünes, kurzärmeliges Hemd steckte etwas nachlässig in seiner Jeanshose.

Evert und Wiebke stellten sich ihm vor.

»Wissen Sie schon, was passiert ist?«, fragte Tilo Tamma und wirkte aufgeregt. »Die Feuerwehr meinte, die Polizei muss gerufen werden. Wieso?«

»Wir sind gerufen worden, weil eine Leiche in der Scheune gefunden wurde, und wir müssen ein Todesermittlungsverfahren einleiten«, erklärte Wiebke, »denn die Todesumstände sind nicht klar.«

Herr Tamma schwieg einen Moment, als er die Information verdaute.

»Kommen Sie erstmal rein«, meinte er dann. »Sie haben sicher Fragen. Ich habe jedenfalls welche.« Er führte sie durch den Hausflur in eine große Küche. Dort, an einem ausladenden Eichentisch, saß eine Frau Anfang dreißig auf einer Holzbank. Diese nahm die Ecke des Raumes ein und zog sich an zwei Seiten des Tisches entlang. Dazu gab es an den verbleibenden Tischseiten noch jeweils zwei Stühle.

»Das ist meine Frau Altje Tamma«, erklärte Tilo Tamma und stellte seiner Frau dann die Polizisten vor.

Seine Frau hatte leicht gerötete Augen.

»Können wir in die Scheune? Wissen die Feuerwehrleute schon, wie schlimm der Schaden ist?«

»Nein, leider nicht«, sagte Evert und setzte sich mit Wiebke Frau Tamma gegenüber, während ihr Mann sich zu ihr auf die Bank setzte. »Allerdings haben die Feuerwehrleute einen Toten in der Scheune gefunden, und deswegen sind wir jetzt hier. Wir müssen herausfinden, was geschehen ist.«

»Einen Toten? Das ist ein Albtraum«, murmelte Altje Tamma.

»Sie sagten, die Todesursache ist unklar?«, fragte Tilo Tamma.

Fiete strich um Everts Bein und sah sich neugierig um. Evert legte ihm die Hand unter dem Tisch auf den Rücken und bugsierte den Hund neben sich, wo er ihm mit sanftem Druck auf das Hinterteil vermittelte, sich hinzusetzen. Der schwarze Labrador Retriever kam der unausgesprochenen Aufforderung nach und ließ sich auf die Holzdielen fallen.

»Die Todesumstände«, korrigierte Wiebke ihn. »Und wir müssen klären, wie die Person zu Tode kam.«

»Sie wissen nicht, wer es ist?«

»Bisher nicht. Wer wohnt außer Ihnen noch hier und hat Zugang zur Scheune?«

Die beiden Eheleute sahen sich kurz an.

»Hier wohnt eigentlich nur noch Feiko«, meinte Altje. »Hast du ihn heute schon gesehen?«

Sie sah ihren Mann an. Der runzelte die Stirn, als würde er überlegen. »Nee, jetzt wo du es sagst: Das letzte Mal haben wir uns gestern Abend unterhalten. Ich habe ihn auch nicht im Haus gehört. Du?«

»Nein. Weißt du, wo er jetzt ist?«

»Er sollte auf dem Feld sein, bei Groß-Midlum, und die Schafe kontrollieren.«

»Wer ist Feiko?«, fragte Evert.

»Verzeihung, Feiko Tamma ist mein Bruder. Er ist vier Jahre älter als ich und arbeitet hier auf dem Hof als Knecht, wenn Sie so wollen.«

»Ich dachte, Knechte gibt es nicht mehr«, meinte Evert.

»Na ja, es ist ein Aushilfsjob, den er hier macht.«

»Ruf ihn mal kurz an«, meinte Altje besorgt. »Das wird ja nicht …«

»Nein, sicher nicht«, meinte ihr Mann, zog sein Handy hervor und rief seinen Bruder an.

»Es geht nur direkt die Mailbox ran, es klingelt nicht mal, so als wäre das Handy aus.«

»Hat Ihr Bruder zwei goldene Kronen«, erkundigte sich Wiebke, »eine hinten rechts, eine auf dem Eckzahn vorne rechts?«

Altje Tamma wurde bleich.

Tilo Tamma nickte stumm.

»Hat der … hat der Tote in der Scheune …«, fragte Tilo Tamma und brachte den Satz nicht zu Ende.

»Es tut uns sehr leid, aber ja«, sagte Evert. »Es könnte sich also um Ihren Bruder handeln.«

Altje Tamma begann zu weinen. Das Gesicht von Tilo Tamma wurde zu einer harten Maske und schien jeden Ausdruck zu verlieren.

»Sie haben unser herzliches Beileid«, sagte Evert und gab den beiden einen Moment, um die Nachricht zu verarbeiten.

»Wenn Sie sagen, Sie müssen die Todesursache noch ermitteln«, murmelte Tilo Tamma langsam, als würde er die Worte erst zerkauen müssen, »dann kam er gewaltsam zu Tode, nicht durch einen Unfall, richtig?«

Altje Tamma schniefte erneut und zog ein Tuch aus ihrer Hosentasche.

»Das ist richtig. Wenn es Ihnen möglich ist, würden wir Ihnen noch einige Fragen stellen. Uns ist klar, dass es jetzt erstmal ein ziemlicher Schock ist, aber die Zeit arbeitet normalerweise für den Täter.«

»Ja, sicher«, sagte Tilo Tamma.

»Wissen Sie noch, wann genau Sie ihn gestern Abend gesehen haben?«

»Das muss so gegen acht gewesen sein, ich lief über den Hof, als er in seine Wohnung ging. Er wohnt hinten, wir haben den Stall ausgebaut. Ganz früher gab es im Hauptgebäude hier auch einen kleinen Hühnerstall, zu Zeiten meiner Urgroßmutter.

Später war das dann immer eher ein Lagerraum, und vor gut zehn Jahren haben wir das umgebaut und dann vor Kurzem erst als Wohnung für Feiko fertig gemacht.«

»Wie war das Verhältnis zu Ihrem Bruder?«

»Gut, würde ich sagen«, meinte Tilo Tamma und zuckte mit den Schultern. Seine Frau warf ihm einen verstohlenen Blick zu. Tilo Tamma schien diesen auch zu bemerken, denn er fügte hinzu: »Na ja, unter Brüdern ist man sich nicht immer einig. Es gibt vermutlich niemanden auf der Welt, der mich so auf die Palme bringen konnte. Wir stammen aus dem gleichen Nest, aber das heißt nicht, dass wir alle Dinge gleich sahen. Das ist wie bei einem alten Ehepaar: Man weiß zu viel über den anderen. Wenn man will, kann man auch die Knöpfe des anderen genau drücken. Aber er ist … Verzeihung, er war ein guter Kerl.«

»Wie kam es, dass er bei Ihnen auf dem Hof arbeitete?«, fragte Wiebke. »Oder handelte es sich nur um ein Nebengewerbe für ihn?«

»Sie meinen, weil ich der Jüngere bin und der Älteste sonst den Hof bekommt?«, meinte Tilo Tamma und zuckte mit den Schultern. »Feiko hat sich nie für den Hof interessiert. Ich habe ihm lediglich ein Standbein ermöglicht, damit er wieder ins normale Leben zurück kommt.«

»Können Sie das etwas ausführen?«

»Feiko hat viele Jahre in Bremen und Hamburg gelebt und war da mit schlechter Gesellschaft unterwegs. Er saß auch im Knast. Er musste sechs Jahre wegen Körperverletzung und Diebstahl im Gefängnis verbringen. Er ist seit gut acht Monaten raus.«

»Dann ist er anschließend bei Ihnen untergekommen.«

»Genau, er wusste nicht, wohin. Im Gefängnis wollte man, dass er in stabile Verhältnisse kommt, dass er nicht zurückgeht in das Umfeld, durch das er straffällig geworden ist. Er hat sich erst nicht getraut, aber dann bei mir gemeldet. Ich habe gleich gewusst, was los ist, auch wenn er nicht direkt gefragt hat: Er wollte nach Hause. Also habe ich die Wohnung auf Vordermann gebracht und gesagt, er muss mir beim Rest helfen und darf hier wohnen. Dafür musste er auf dem Hof arbeiten, er bekam ein

Gehalt. Das war nicht so üppig, aber dafür musste er auch nichts für Miete und Nebenkosten abdrücken. Es gab nur drei Regeln.«

Altje Tamma schnäuzte sich. Dann stand sie auf, ging zu einer Schranktür, öffnete sie und nahm sich aus dem Küchenschrank eine Packung Einwegtaschentücher.

»Die da wären?«, fragte Wiebke, während Altje Tamma mit der Packung Taschentücher zurückkam und sich erneut geräuschvoll schnäuzte. Fiete verfolgte ihren Weg sehr genau. Jedes Mal, wenn sie mit der Plastikverpackung der Taschentücher knisterte, zuckten seine Ohren. Evert nahm an, dass der Hund sich unsicher war, ob es sich um eine seiner Leckerchenpackungen handelte.

»Wenn er seine Arbeit nicht macht, fliegt er. Wenn er gewalttätig ist, fliegt er ebenfalls. Und wenn ich ihn nur einmal mit Drogen erwische, bring ich ihn selbst bis an die Gefängnistür«, sagte Tilo Tamma. »Er hat dem zugestimmt.«

»Er wollte jetzt jemand anderes sein«, meinte Altje dann so leise, dass Evert beinahe nicht sicher war, ob sie etwas gesagt hatte.

»Hat er das Ihnen gegenüber erwähnt?«, fragte er.

Altje Tamma merkte, dass nun alle Blicke auf sie gerichtet waren, und sie nickte. »Ja, er meinte, er wollte ein Zuhause haben. Er hatte im Knast viel Zeit nachzudenken und ist wohl sehr ins Grübeln gekommen.«

»Sie kannten Ihren Schwager auch gut?«, fragte Wiebke.

Altje Tamma lächelte leicht. »Es geht so. Ich glaube, so richtig kannte Feiko sich nicht mal selbst. Zumindest hat er sich nie gut selbst verstanden und auch nicht, was er wollte. Ich bin mit meinem Mann seit sechzehn Jahren zusammen. Feiko habe ich dabei einige Male gesehen und ich hatte immer den Eindruck, dass er nicht so viel nachdenkt über das, was er wirklich will. Er war eher impulsiv, dachte die Sachen nie vom Ende her, sondern nur danach, ob sie im Augenblick sinnvoll sind. Morgen war morgen und die Probleme eines neuen Tages beschäftigten ihn nicht.«

»Mein Bruder war rücksichtslos, könnte man sagen«, stimmte ihr Mann ihr zu. »Aber daran gewöhnt man sich. Außerdem wurde das jetzt langsam besser.«

»Du hast ihm auch kaum eine Wahl gelassen«, meinte Altje. »Wenn er nicht gut gearbeitet hätte, hättest du ihn ja auch rausgeworfen.«

»Ich habe weder Zeit noch Lust, mich ausnutzen zu lassen«, meinte Tilo Tamma. »Das mag hart wirken, aber mein Bruder ging auf die vierzig zu. Mit zwölf Jahren kann man anfangen, einen Mann für voll zu nehmen, ab zwanzig ist jeder Welpenschutz verloren gegangen.«

»Funktionierte Ihr Arrangement denn gut?«, fragte Evert.

Tilo Tamma nickte. »Ja, er war mir eine große Hilfe. Er weiß, wie hier alles auf dem Hof gemacht werden muss. Wir mussten als Kinder ja immer beide mit anpacken. Er erledigte die Aufgaben, die man ihm gab, sehr gut und ohne dass ich zugucken musste. Das ist ja immer das Problem: Wenn man jemanden einarbeitet, arbeitet man selbst nicht richtig. Dazu kommt, dass heutzutage kaum einer für sein Geld richtig arbeiten will. Das hier ist ein Biobauernhof, da fällt in manchen Bereichen einfach mehr Arbeit an, weil ich auf weniger Chemie setze. Muss ich auch, denn sonst bekomme ich die Gütesiegel nicht alle, und die braucht man für die Werbung.«

»Kennen Sie Kathrin Peikenkamp?«, fragte Evert.

»Ja, der Florian hat uns gesagt, dass sie das Feuer entdeckt hat. Da haben wir Glück gehabt. Sie fährt hier immer in der Gegend rum und spielt Postbote. Der Job beim Kurierdienst gefällt ihr wohl ziemlich gut«, meinte Altje Tamma. »Ich kenne sie, sie war mit meiner Schwester in der Schule. Kathrin hat also Feiko gefunden?«

»Nein, sie hat nur das Feuer entdeckt«, sagte Evert. »Ihren Schwager fand die Feuerwehr.«

»Da bin ich froh. Kathrin ist immer etwas zart besaitet gewesen, soweit ich weiß.«

»Sagen Sie bitte, was haben Sie seit acht Uhr gestern Abend gemacht?«, fragte Wiebke.

Die beiden Eheleute sahen sich an.

»Wieso? Wollen Sie jetzt unsere Alibis haben?«, fragte Tilo Tamma.

»Ja«, gab Wiebke ruhig zurück.

Evert fügte hinzu: »Es ist wichtig für unsere Arbeit, zu wissen, wann Sie wo waren. Wir müssen herausfinden, was Ihrem Bruder gestern zugestoßen ist. Dafür ist es am leichtesten, einen zeitlichen Ablauf zu rekonstruieren. Sie sagen, Sie sahen ihn um acht, jemand anderes hat vielleicht noch mit ihm telefoniert, und Schritt für Schritt wird das Zeitfenster kleiner, in dem die Tat passiert sein kann.«

Altje Tamma legte ihrem Mann ihre Hand auf den Arm. Er seufzte.

»Ich war im Haus. Ich habe hinten noch etwas gearbeitet, bis vielleicht elf Uhr, und bin dann ins Bett gegangen. Wir renovieren da weitere Räume. Das mache ich nach der eigentlichen Arbeit auf dem Hof.«

»Und Sie, Frau Tamma?«, fragte Wiebke.

»Ich habe Feiko das letzte Mal gestern so am Nachmittag gesehen. Er ist gegen zwei Uhr hier gewesen, weil der alte Traktor von Tilos Vater immer wieder ausging. Er ist hergefahren in die Scheune, hat den neuen Traktor genommen, und ist wieder losgefahren, zu dem Feld bei Meertens.«

»Da muss er dann bis acht Uhr beschäftigt gewesen sein«, meinte ihr Mann. »Als ich ihn sah, war er damit fertig und wollte in seine Wohnung.«

»Wo waren Sie den Abend über?«, fragte Wiebke an Altje Tamma gewandt.

»Ich habe mit meinem Mann um kurz nach sieben gegessen und bin dann mit dem Fahrrad nach Suurhusen gefahren. Im Landarbeitermuseum Suurhusen gab es einen Vortrag über Island. Ich wollte da immer schon mal hin. Aber unsere Arbeit erlaubt keinen langen Urlaub.«

»Wann sind Sie zurückgefahren?«

»Das muss um halb oder kurz vor zehn gewesen sein. Ich bin dann nach Hause gefahren, habe noch etwas im Haushalt gemacht und bin dann nach hinten zu meinem Mann gegangen, um ihm zu sagen, dass ich ins Bett gehe und ob er mitkommen will. Er arbeitet sonst zu lange, wenn man ihn nicht aufhält.« Sie lächelte Tilo Tamma bei diesen Worten etwas nachsichtig an, doch erwiderte er das Lächeln nicht.

»Können Sie sich jemanden vorstellen, mit dem Ihr Bruder in letzter Zeit Streit hatte?«

Die beiden sahen sich an.

»Nein, niemanden«, sagte er.

»Ihr wart aber zwischendurch schon etwas laut«, meinte seine Frau.

»Ach, das war nichts. Das ist so, wie Brüder halt reden.«

»Worum ging es denn?«, fragte Wiebke.

»Nur um Sachen des Hofs. Manche Dinge erledigen wir hier nicht mehr so wie früher, und ich bin vielleicht manchmal etwas ostfriesisch direkt, wenn ich sage, was geht und was nicht geht.«

»Verstehe«, meinte Wiebke.

»Wir hätten gerne die Telefonnummer Ihres Bruders«, bat Evert. Er wollte probieren, dessen Handy zu orten und zudem auch wissen, mit wem er telefoniert hatte.

»Er lässt sein Handy oft in der Wohnung, für ihn ist das nicht so wichtig, es dabeizuhaben. Er hatte im Gefängnis auch keines«, meinte Tilo Tamma und diktierte ihnen die Nummer.

»Könnten Sie uns die Wohnung Ihres Schwagers zeigen?«, fragte Evert.

»Ich habe einen Zweitschlüssel«, sagte Tilo Tamma. »Das kann ich gerne machen. Kommen Sie mit.«

Er stand vom Küchentisch auf und ging zur Tür. Auch Evert und Wiebke erhoben sich. Fiete sprang auf und wedelte, während er neben seinem Herrchen langlief. Offenbar freute sich der Hund, dass es endlich weiterging. Nur Frau Tamma blieb sitzen. Sie schnäuzte sich erneut. Sie und ihr Mann tauschten einen Blick, und er nickte kaum merklich. Dann ging er in den Flur, gefolgt von den Ermittlern. Er führte sie aus dem Haus heraus, um die Ecke und dort zu einer zweiten Haustür, die einige Schritte von der Hausecke entfernt lag. Auf dem Klingelschild war mit Klebeband ein handgeschriebener Zettel angebracht, auf dem »Feiko Tamma« stand.

»Mein Bruder hat sich die ganze Zeit nicht wirklich drum gekümmert, ich habe ihm schon ein paar Mal gesagt, dass wir ein richtiges Klingelschild anbringen können«, meinte Tilo Tamma und schloss die Wohnungstür auf. »Aber er hatte es nicht so mit Besuch.«

»Das heißt, er bekam keinen seit seiner Entlassung?«

»Nein, keinen, den ich mitbekommen habe. Ich weiß, dass er ein paar Schulfreunde besucht hat, die noch in der Gegend wohnen, aber mehr auch nicht.«

»Was hat Ihr Bruder gemacht, wenn er nicht gearbeitet hat?«

»Das sehen Sie gleich«, meinte Tilo Tamma geheimnisvoll und wollte durch die Tür treten, doch Wiebke hielt ihn auf.

»Wir würden gerne allein in die Wohnung gehen. Es ist möglich, dass es dort Spuren gibt, die relevant für den Fall sind. Sie sagen, dass Sie Ihren Bruder gestern Abend gesehen haben, das bedeutet, zwischen dem letzten Mal, dass er gesehen wurde, und seinem Auffinden gibt es eine erhebliche Zeitlücke. Könnten Sie uns den Schlüssel aushändigen und draußen warten?«

»Klar, aber ich bleibe dann drinnen bei meiner Frau, okay?«

»Das ist auch in Ordnung«, sagte Wiebke und nahm den Schlüssel entgegen, nachdem Tilo Tamma ihn vom Schlüsselbund abgemacht hatte.

»Hier, bevor ich es vergesse«, sagte Evert und reichte dem Mann ihre Karte. »Unter dieser Nummer erreichen Sie uns jederzeit, sollte Ihnen noch etwas einfallen.«

»Gut.«

Er ließ die beiden Ermittler allein. Evert band Fiete an einem Blumentopf fest und wies ihn an, sich hinzusetzen. Der Labrador Retriever schnaufte, als er der Aufforderung nachkam, was etwas missfallend klang. Dann zogen sich Wiebke und Evert Handschuhe an und betraten die Wohnung des Mordopfers.

Der kurze, drei Schritte lange Hausflur war beinahe leer. An einer Garderobe hing eine Jacke, ein Paar Gummistiefel stand auf dem Boden und an einem Haken der Garderobe hing eine Latzhose.

Drei Türen gingen vom Flur ab. Hinter der ersten befand sich ein kleines Bad mit Dusche.

»Den Utensilien nach wohnte Herr Tamma allein«, bemerkte Wiebke. Evert war im Flur geblieben, da das Bad kaum groß genug für einen war, geschweige denn für zwei Personen.

Er ging derweil zur zweiten Tür. Dahinter lag eine Küche. Das dunkle Holz der Küchenmöbel wirkte alt und abgenutzt, was im Kontrast zu den frisch gestrichenen Wänden stand. Auch der Küchentisch und die Stühle wirkten alt. Auf dem Tisch stand ein Modellschiff, beinahe einen Meter lang. Kleine Klemmen hielten eine offenbar frisch montierte Schiffsfigur fest. Es roch nach Farbe und Klebstoff. Das Segelschiff hatte noch keine Segel aufgespannt.

Evert sah sich weiter im Raum um. Es gab wenig Gegenstände, die herumstanden, und nichts Persönliches außer dem Schiff.

Wiebke folgte ihm in die Küche. »Das ist dann wohl Feiko Tammas Hobby«, meinte sie.

»Sieht so aus«, stimmte Evert zu.

Er ging zurück in den Flur, um hinter die letzte Tür zu sehen. Die führte in ein Schlafzimmer, in dem es nur drei Möbelstücke gab: ein Bett, dessen Decke unordentlich am Fußende zusammengelegt worden war, einen Kiefernschrank und eine weiße Kommode.

Evert sah in den Schrank. Dort lagen nur einige wenige Kleidungsstücke. In der Kommode befanden sich weitere sowie ein Notizbuch und ein Laptop. Evert nahm beides mit, um es als Beweismittel einzutüten. Wiebke war zu ihm ins Schlafzimmer getreten.

»Nicht viel Persönliches, oder?«, meinte sie.

»Nein, aber was erwartest du von jemandem, der erst seit Kurzem wieder aus dem Gefängnis ist? Offenbar hat er nicht mehr viele Besitztümer übrig«, meinte Evert. »Aber vielleicht hilft uns das, ihn besser zu verstehen.« Er zeigte ihr das Notizbuch und den Laptop.

Evert fand auch an einer Steckdose angeschlossen ein abgeschaltetes, im Laden begriffene Mobiltelefon.

Wiebke öffnete das Notizbuch und blätterte darin, während Evert das Handy eintütete.

»Ich bin mir nicht ganz sicher, was das ist«, meinte Wiebke. »Hier steht auf Plattdeutsch, wer fischen will, darf nicht Angst vor dem Wasser haben.«

»Das klingt wie ein Satz aus Glückskeksen. Aber ob es was zu bedeuten hat, weiß ich nicht. Schauen wir mal.«

Sie gingen aus dem Haus, und Wiebke hielt das Notizbuch und den Laptop, während Evert die Wohnungstür abschloss und einen Aufkleber der Polizei anbrachte. Dieses Polizeisiegel sorgte dafür, dass man die Tür nicht einfach unbemerkt öffnen konnte.

Dann gab Evert seiner Kollegin den Laptop und das Notizbuch und löste die Leine von Fiete, um den Hund mit zum Auto zu nehmen, wo sie die Beweismittel eintüteten und im Kofferraum verstauten. Sie bemerkten, dass ein weiteres Fahrzeug neben ihrem Wagen geparkt hatte.

»Sieht so aus, als wäre Dr. Elias endlich hier«, meinte Wiebke. Evert band Fiete an den Seitenspiegel ihres Autos und ging mit Wiebke noch einmal zur Scheune. Sie holten sich auf dem Weg zwei Helme vom Feuerwehreinsatzwagen ab und betraten das Innere.

»Moin«, grüßten sie den Gerichtsmediziner, der in diesem Moment neben dem Toten kniete, während ein jüngerer Mann sich neben ihn beugte, um einen guten Blick zu haben.

Klaas stand einen Schritt neben der Szene und wartete ab, bis sie fertig waren.

»Ihnen auch einen guten Tag«, meinte Dr. Elias. »Aber für manche von uns ist er wohl sozusagen besser als für andere.« Der Gerichtsmediziner hatte die Angewohnheit, das Wort »sozusagen« an allen möglichen und unmöglichen Stellen einzubinden, die sich Evert nur vorstellen konnte. Offenbar sah er es auch nicht als nötig an, seinen Assistenten vorzustellen, denn er fuhr derweil fort: »Ich gehe davon aus, dass das Opfer männlich und erwachsen ist. Der Tod wurde durch die Mistgabel herbeigeführt, die nicht nur die Lunge, sondern auch das Herz durchstoßen hat. Der Stoß wurde kräftig ausgeführt, aber von jemandem mit der gleichen durchschnittlichen Größe wie das Opfer.«

»Wie kräftig müsste jemand dafür sein, so zuzustechen?«

»Sie missverstehen mich: Ich sagte, der Stoß wurde kräftig ausgeführt, nicht, dass der sozusagen hypothetische Täter kräftig war. Eine emotionale Ausnahmesituation würde ebenso die nötige Kraft liefern wie eine allgemein gute Konstitution.«

»Können Sie uns noch mehr über das Opfer sagen?«

»Er hat zwei Goldkronen, die möglicherweise bei der Identifizierung helfen könnten«, sagte Dr. Elias.

»Sie könnten seine Zahnunterlagen mit denen von Feiko Tamma vergleichen «, sagte Wiebke. »Er wohnte hier auf dem Hof und hatte entsprechende Kronen. Wir gehen davon aus, dass er tot ist. Seinem Bruder Tilo Tamma gehört die Hofanlage.«

»In dem Fall haben wir einen Namen«, meinte Klaas. »Das macht es alles sehr viel einfacher.«

»Aber wir haben kein Zeitfenster«, sagte Wiebke. »Feiko Tamma scheint das letzte Mal gestern Abend um acht gesehen worden zu sein. Leider gibt das ein sehr großes Zeitfenster bis heute Morgen um sieben.«

»Dabei kann ich Ihnen vermutlich sozusagen nicht weiterhelfen«, sagte Dr. Elias. »Die Temperatur des Toten ist nicht sonderlich aussagekräftig und sein Zustand ist auch keine Hilfe. Gegebenenfalls kann eine Analyse seines Mageninhalts uns weiterbringen, aber für weitere Aussagen muss ich ihn erstmal nach Oldenburg bringen.«

»Gut, hoffen wir, dass Sie noch etwas mehr herausfinden«, sagte Wiebke. »Wir fahren jetzt erstmal zurück auf die Wache und schauen, was wir zu Feiko Tamma herausfinden können. Offenbar hat er erst vor Kurzem eine Gefängnisstrafe von sechs Jahren abgesessen.«

Sie verabschiedeten sich von den Anwesenden und gingen zurück zum Auto. Vor der Scheune kam Altje Tamma auf sie zu, als sie gerade ihre Helme bei dem Feuerwehrauto gelassen hatten.

»Moin nochmal«, meinte Frau Tamma und verschränkte ein wenig die Arme vor der Brust. Auf Evert wirkte es, als würde sie sich selbst ein wenig in die Arme nehmen.

»Moin nochmal«, sagte er. »Können wir Ihnen noch weiterhelfen?« Er hatte das Gefühl, dass die Frau etwas beschäftigte und sie noch über die richtigen Worte nachdachte.

»Tja«, meinte sie und ging neben den Ermittlern die paar Schritte zu deren Auto. Fiete wedelte und kam ihnen ein Stück entgegen, soweit es die nun gespannte Leine erlaubte.

»Das ist ein schöner Hund«, meinte Frau Tamma.

»Das ist er.«

»Wissen Sie schon, wann die Scheune wieder freigegeben wird?«

»Da müssen Sie leider die Feuerwehrleute fragen. Wir sind in einer Stunde vermutlich erstmal durch«, meinte Wiebke. »Aber als Tatort bleibt der hintere Teil der Scheune vorerst abgesperrt.«

»Verstehe.«

»Wenn es Dinge gibt, die Sie dringend für den Betrieb des Hofes brauchen, teilen Sie uns das mit. Wir finden dann eine Lösung«, sagte Wiebke. »Auch wenn Ihnen später noch etwas einfällt, melden Sie sich.«

»Ja, mache ich.« Sie beugte sich zu Fiete vor, der an ihr schnüffelte. »Darf ich ihn streicheln?«

»Sicher, er ist im Allgemeinen sehr friedlich und verschmust«, sagte Evert.

»Na dann«, murmelte sie und streichelte den Hund.

»Sagen Sie, hatte Ihr Schwager in letzter Zeit mit jemandem Streit?«, fragte Evert. »Sie haben da vorhin nicht so recht drauf geantwortet.«

»Feiko hatte nur Streit mit Tilo.«

»Worüber? Was für Hofangelegenheiten waren das denn?«

»Ich, ah, ich habe keine Ahnung.« Evert schwieg einen Moment und wartete ab. Frau Tamma seufzte. »Die beiden haben sich immer wieder gezofft, seit Feiko hier wohnte. Es ging immer um nichts und dann wieder um alles. Tilo hat den Hof, und der läuft nicht mehr gut. Er will einen Großteil des

Hofbetriebs einstellen. Wir bauen bei uns hinten im Haus um, um da Ferienwohnungen reinzusetzen. Urlaub auf dem Bauernhof und so, Sie verstehen?«

»Ja, die Landwirtschaft ist ein schwieriges Gewerbe geworden«, sagte Wiebke.

»Und man verdient nichts für die viele Arbeit, die man hat. Feiko war sauer, als er erfahren hat, dass Tilo einen Großteil der Hofflächen, die ja seit Generationen der Familie gehören, verpachten will für Wind- und Solaranlagen. Damit verdient man Geld, aber Feiko war da strikt gegen. Er wollte, dass wir von unserer eigenen Hände Arbeit leben. Dabei war er ja nie hier und musste das tun!«

»Das hat dann zu Spannungen zwischen den Brüdern geführt?«

»Ja, immer wieder. Feiko ist es nicht gewohnt gewesen, von seinem kleinen Bruder Befehle anzunehmen. Das war eine Vertauschung der Rollen für ihn.«

»Wieso ist er nicht woanders hingegangen?«

»Weil er das hier brauchte, diesen Neuanfang, und weil die beiden Brüder sind. Hören Sie, ich sage nicht, dass Tilo … Er hätte seinem Bruder nichts angetan. Die beiden waren eine Familie! Aber Feiko war ein schwieriger Kerl mit manchmal starken Vorstellungen, was er wollte. Vielleicht hat einfach jemand von damals ihn gefunden und … Rache genommen. Er hat sich oft geprügelt. Immerhin saß er deswegen ja auch im Gefängnis.«

»Sie wissen aber niemanden aus seinem früheren Umfeld, der mit ihm Kontakt aufgenommen hat?«, fragte Evert. »Gibt es jemanden, der eine Rechnung offen hatte?«

»Nein, leider nicht. Sie müssen da seinen Bewährungshelfer fragen. Es gibt einen Sozialarbeiter, Gaiken Feenkamp, der war für ihn zuständig. Ich glaube, er wohnt in Aurich, weil das irgendwie über den Landkreis Aurich geregelt ist und wir ja dazugehören.« Sie zuckte mit den Schultern. »Tut mir leid«, fügte sie hinzu. »Ich weiß das nicht so genau. Es war nie wichtig bisher und ich habe nie gefragt.« Sie blinzelte eine Träne weg.

Fiete schaute zu Evert und dann zu ihr, doch bevor er näher zu ihr kommen konnte, stand Frau Tamma auf.

»Gab es noch jemanden im Leben Ihres Schwagers, mit dem wir reden könnten, einen guten Freund oder eine Freundin?«

»Ich weiß es nicht. Feiko hat neulich mal überlegt, ob er eine alte Freundin anrufen soll. Sie wohnt wohl noch in der Gegend, und die hatten mal eine ganz dramatische Liebesgeschichte, sagte er. Aber ich weiß nicht, ob er das gemacht hat.«

»Den Namen kennen Sie aber nicht?«

»Nein, ich kann meinen Mann fragen. Aber ich glaube auch nicht, dass der das noch weiß. Er ist niemand, der sich Namen merkt und vor allem nicht über so lange Zeit.«

»Haben Sie vielen Dank für Ihre Auskünfte. Und melden Sie sich, wenn Ihnen noch etwas einfällt«, sagte Evert. Er zog eine Karte heraus und reichte sie ihr. Zwar hatte er ihrem Mann schon eine gegeben, aber er war sich sicher, dass es nicht schaden konnte, dass beide Eheleute eine hatten.

Als Frau Tamma zu den Feuerwehrleuten ging, ließ Evert seinen Hund in die Box im Kofferraum, bevor er sich selbst auf den Beifahrersitz setzte. Wiebke startete derweil den Wagen und fuhr aus der Einfahrt.

»Ist dir aufgefallen, wie sie vorhin ihren Mann angesehen hat?«, meinte Evert. »Ich habe das Gefühl, dass irgendwas bei den Eheleuten im Argen liegt.«

»Da will ich mir kein Urteil bilden nach der kurzen Zeit, die ich sie zusammen gesehen habe«, meinte Wiebke.

»Man bekommt doch ein Gespür dafür, ob da etwas schwelt«, sagte Evert.

Wiebke lächelte. »Ich verlasse mich lieber auf etwas Handfestes.«

»Das müssen wir finden. Nur wo sollen wir anfangen?«

»Jemandem eine Forke durch die Brust zu stechen spricht für ziemlich viele Emotionen«, meinte Wiebke. »Wir sollten seine Vergangenheit durchleuchten.«

»Ja«, murmelte Evert. »Allerdings wohnt auf dem Hof ein Mann, mit dem er sich nicht über die Zukunft des Hofes einig war, und der auch mit einer Forke umgehen kann. Manchmal ist es vielleicht auch ganz einfach.«

»Manchmal.«

Kapitel 2

Sie fuhren zurück nach Aurich und parkten im Innenhof der rot verklinkerten Polizeiwache.

Evert und Wiebke gingen, gefolgt von Fiete, in das Großraumbüro der Kriminalpolizei. Fiete lief hier ohne Leine herum und ging zielstrebig auf eine Position zu, von der aus er sowohl den Raum als auch die Tür im Blick hatte. Dort lag er am liebsten. Währenddessen hängte Evert seinen Kurzmantel über seine Stuhllehne.

Es standen vier Tische im Raum, je einer für Wiebke, Evert und Klaas sowie ein vierter, der von Everts Vorgänger benutzt worden war und ihnen meistens als Ablagefläche diente.

»Ich mache mir einen Tee«, sagte Wiebke und ging zur Teeküche, die nicht weit vom Büro der Kriminalpolizei entfernt auf dem gleichen Flur lag. Dass sie Evert nicht fragte, ob er auch einen wollte, störte ihn nicht. Er bevorzugte Kaffee, und den bekam man in der Teeküche leider selten.

Die dort stehende Kaffeemaschine war schon eine ganze Weile kaputt, und obwohl sich Evert mehrfach beschwert hatte, gab es keine Veränderung. Im Gegensatz zu ihm schienen seine Kollegen das nicht als wichtig anzusehen.

Er nahm das Handy und den Laptop des Toten aus dem Probenbeutel. Während er den Laptop hochfuhr, testete er, ob das Handy gesichert war.

Leider wurde eine PIN von ihm verlangt, sodass er es wieder eintütete und kurz in einem anderen Büro im Haus anrief.

»Ja, moin, Brookmer hier, Kriminalpolizei. Könnte ich gleich kurz ein Mobiltelefon vorbeibringen, auf das wir Zugriff brauchen? Danke.« Er legte wieder auf, als Wiebke hereinkam.

»Kein Glück mit dem Handy?«

»Nein, ich werde es mal bei den Kollegen abgeben, vielleicht kommen die für uns an die Daten. Ansonsten muss es zum Technischen Dienst nach Oldenburg, und das dauert.«

»Mal sehen, was ich über unser Mordopfer herausfinden kann«, sagte Wiebke. »Es muss ja eine Akte zu ihm geben.«

Evert stand auf, was Fiete dazu veranlasste, neugierig den Kopf zu heben.

»Ich werd das Gebäude nicht verlassen«, meinte Evert, doch der schwarze Labrador Retriever lief freudig wedelnd neben dem Ermittler her, als dieser über den Flur und eine Treppe hinunterging bis zu dem Büro eines Kollegen vom Technischen Dienst. Der hatte nur wenig Personal in Aurich. Die Hauptstelle saß in Oldenburg, und komplizierte Datenrettungen oder Zugriffe auf verschlüsselte Daten mussten dort erfolgen. Kleinere Sachen konnten aber auch in Aurich erledigt werden.

Nachdem Evert das Telefon abgegeben hatte, ging er zurück an seinen Schreibtisch. Fiete schien das nicht zu behagen, denn er lief einige Male um Evert herum und musterte ihn genau. Er schien darauf zu warten, dass es nun weiterging.

»Das war schon alles«, sagte Evert zu seinem Hund. »Sitz.«

Fiete schnaufte und setzte sich. Trotzdem beobachtete er Evert weiter.

Der schickte eine E-Mail an den Telefonprovider von Feiko Tamma. Da Evert die Telefonnummer von Feiko Tamma von dessen Bruder hatte, bat er nun um Auskunft über die Anrufprotokolle. Selbst wenn sie keinen Zugriff auf das Gerät bekommen konnten, würde ihnen vielleicht weiterhelfen, zu wissen, mit wem der Tote so telefoniert hatte.

Dann rief Evert beim Landarbeitermuseum Suurhusen an und erkundigte sich, ob Altje Tamma am letzten Abend wirklich dort gewesen war. Das konnten mehrere der Organisatoren des Vortrags bestätigen, da sie Frau Tamma persönlich kannten.

Nachdem er aufgelegt hatte, sagte er zu Wiebke: »Frau Tamma hat zumindest für den Abend ein Alibi.«

»Gut, ich habe derweil den Bewährungshelfer ausfindig gemacht, genau genommen sogar mehrere.«

»Wie viele hatte er denn?«

»Insgesamt drei, wenn man seine frühesten noch in den Akten auffindbaren Strafen ansieht. Seine Jugendakte ist ja nicht mehr zugänglich.«

»Dann sprechen wir doch mal mit dem neusten Bewährungshelfer, wir müssen doch nicht bis in die Kindheit zurückgehen, oder?«

»Das ist Herr Gaiken Feenkamp. Ruf du ihn mal an, dann suche ich weiter. Vielleicht findet sich in den Akten von Herrn Tamma noch mehr.«

Sie diktierte Evert die Telefonnummer, der sie direkt eingab. Es klingelte dreimal, bis endlich jemand abnahm.

»Moin, Feenkamp hier. Was kann ich für Sie tun?«

»Kriminalkommissar Evert Brookmer, Kripo Aurich. Ich verstehe Sie nicht gut, Herr Feenkamp, da ist ein Knacken im Hintergrund.«

»Ja, ich habe Sie auf der Freisprechanlage, der Anruf aus meinem Büro wird weitergeleitet. Was kann ich denn für Sie tun, Herr Brookmer?«

»Wir hätten einige Fragen zu Feiko Tamma.«

»Oh, der. Hat er was angestellt?«, fragte Gaiken Feenkamp und fuhr fort, bevor Evert etwas sagen konnte. »Na, ich bin sowieso gleich bei Ihnen um die Ecke, soll ich direkt in die Wache kommen und wir sprechen da?«

»Sehr gerne, wann wären Sie ungefähr da?«

»Ich schätze mal zehn Minuten. Bis gleich dann.« Schon hatte er aufgelegt.

Evert legte den Hörer weg. »Er ist gleich da.«

»Eine angenehme Überraschung, dass man mal nicht hinter jemandem herlaufen muss«, meinte Wiebke und lächelte.

Kurz darauf war ein kräftiges Motorengeräusch zu hören. Evert sah aus dem Fenster in den Innenhof der Polizeiwache. Ein metallisch blauer Sportwagen fuhr in den Hof herein und parkte neben den Autos der Bereitschaft. Ein gut durchtrainierter Mann Anfang vierzig stieg aus. Er schloss den Wagen ab und ging in das Gebäude.

Wenige Minuten später klopfte es an der angelehnten Tür des Großraumbüros. Ein Kollege in Polizeiuniform führte den muskulösen Mann herein. »Er sagte, er wollte zu Ihnen«, erklärte der uniformierte Polizist, der ihn begleitete.

»Stimmt so, danke«, sagte Wiebke.

»Herr Gaiken Feenkamp, richtig?«, fragte Evert.

Der Mann nickte, während der Uniformierte sie allein ließ.

»Bitte, setzen Sie sich«, forderte Evert ihn auf und deutete auf den Stuhl, der Wiebkes Schreibtisch gegenüberstand. Evert selbst stand auf und nahm seinen Stuhl mit herüber. Fiete beobachtete das alles mit geringem Interesse. Er hatte die Schnauze auf den gekreuzten Vorderpfoten abgelegt.

»So, was hat Feiko denn angestellt?«, fragte Herr Feenkamp. »Wer ist tot?«

Evert und Wiebke sahen sich kurz an.

»Es tut uns leid, Ihnen das mitteilen zu müssen, aber, Herr Feenkamp, wir ermitteln im Todesfall von Feiko Tamma.«

»So ein Schiet. Ich habe es ja immer gewusst«, meinte er und schüttelte den Kopf langsam. »Musste ja so enden. Wer hat ihn umgebracht?«

»Das ist etwas, das wir noch ermitteln müssen«, sagte Wiebke.

»Verstehe, und Sie wollen jetzt wissen, was ich so alles über ihn weiß. Das ist schwierig, das meiste steht auch in den Akten. Er war keiner, der sich leicht öffnete.«

»Fangen wir doch vorne an. Wie war Ihr Verhältnis zum Verstorbenen?«

»Feiko hat schon eine richtige Karriere hingelegt in den letzten zwanzig Jahren. Er ist keine vierzig und hatte schon alles Mögliche gemacht: Gewaltdelikte, Drogenverkauf, Zuhälterei und Waffenhandel, das Ganze dann in Kombination mit kleineren Verbrechen. Ich bin ein großer Freund der Resozialisierung, sonst hätte ich diesen Beruf nicht gewählt. Aber ich sag's ganz ehrlich: Solche Fälle sind schwer.« Er lehnte sich zurück. »Feiko kam zu mir, weil er sein Leben ändern wollte. Ich habe wohl Eindruck gemacht.«

»Wie das?«

»Er hatte zwei Bewährungshelfer vorher und ist mit beiden laut den Akten nicht gut klargekommen. Ich lege großen Wert darauf, dass ich klarmache, dass ich mich nicht verarschen lasse.«

Er deutete mit der Linken auf seinen rechten, muskulösen Oberarm. »Dazu gehört, dass ich die hier immer sichtbar halte.

So ein Kerl wie Feiko respektiert kein halbes Hemd, das ihm einfühlsam erklärt, dass er sein Leben auf die Reihe kriegen soll. Feiko war die Art von Mann, die eine klare Vorstellung davon hat, was ein Mann ist, und wenn man dem einen Rat geben will, muss man selber einer sein.«

»Also respektierte er Sie.«

»Das tat er, und er schien diesmal alles anders machen zu wollen. Er hatte frühere, kürzere Gefängnisstrafen, die keinen Eindruck auf ihn gemacht haben. Die paar Monate hat er abgesessen, und gut war.«

»Was war diesmal anders?«, fragte Evert.

»Seine Eltern sind vor vier Jahren gestorben. Er hat sie das letzte Mal vor Antritt seiner Gefängnisstrafe gesehen.«

»Das hat ihn sicher schwer getroffen. Hatten die Eltern ein gutes Verhältnis zu ihrem Sohn?«

»Es ging so. Herr Tamma hat davon erzählt, dass sein Bruder den Hof geerbt hat, zusammen mit ihm. Aber da er die letzten sechs Jahre im Gefängnis war, hat sein Bruder de facto alles übernommen. Aber Feiko Tamma hat sehr belastet, dass seine Eltern ihm einen Brief hinterlassen haben, genau genommen, seine Mutter. Sein Vater redete wohl schon lange nicht mehr mit ihm.«

»Was stand in dem Brief?«, wollte Wiebke wissen.

»Seine Mutter schrieb ihm, dass er immer ihr kleiner Junge sein würde, aber sie sich sorgte, ob er am Ende glücklich mit dem Leben sein würde, das er führte. Er sollte sich das gut überlegen. Sein Vater könnte das nicht so gut ausdrücken, aber er wollte keinen Kontakt mit Feiko, weil er ihm nicht dabei zusehen wollte, wie er sein Leben mit Dingen verbringt, die er am Ende bereuen würde.«

»Das hat ihn dann dazu gebracht, sein Leben zu überdenken?«, fragte Wiebke.

»Das und ihr Tod. Er hat nochmal sein Leben neu bewertet. Er hat überlegt, wie gut er es hatte. Er besaß nicht unbedingt einen Hintergrund für eine typische Verbrecherkarriere, wissen Sie?«

»Was meinen Sie?«, fragte Wiebke.

»Nun, normalerweise hat ein Verbrecher eine Geschichte von Straftaten. Es fehlt an Bezugspersonen, egal, ob es biologische Eltern oder einfach nur Rollenvorbilder sind. Meist findet so jemand dann seinen Ankerpunkt in einer Gruppe, die strikte Regeln hat. Manche Leute finden ihren Halt in der Welt außerhalb des Verbrechens. Herr Tamma hatte keine schlechten Startbedingungen. Er kam nicht aus armen Verhältnissen. Oft ist Verbrechen ja auch ein Wunsch nach Teilhabe. Sie klauen, weil sie etwas haben wollen, oder sie dealen mit Drogen, weil sie beeindruckt davon sind, wie schnell man da Geld machen kann. Das ist oft der Wunsch nach einem guten Leben, der sich da seinen Weg bahnt.«

»Das trifft aber alles auf Herrn Tamma nicht zu.«

»Nein, der kam aus klassischen eher bürgerlichen Verhältnissen, nicht reich, aber auch nicht arm, mit einem großen Hof, auf dem Arbeit für alle dazugehörte. Für Feiko war es vor allem das Abenteuer und dass er seine Eltern damit ärgern konnte, was ihn zum Verbrechen zog.«

»Und da änderte sich seine Meinung, als sie tot waren?«

»Er sagte, ja. Weil er gemerkt hat, dass er sein Dasein bisher damit verbracht hat, ihre Werte abzulehnen. Es sei nicht sein Weg gewesen. Er wollte jetzt aber ein Leben nur für sich haben. Darum hat er auf dem Hof angefangen, weil sein Bruder ihm da was angeboten hat. Er musste ja.«

»Wieso musste er?«, fragte Evert.

»Nun, weil der Hof immer noch zur Hälfte Herrn Feiko Tamma gehörte. Er wurde nie ausbezahlt. Sein Bruder war also verpflichtet, ihm da entgegenzukommen.«

»Hatten die beiden Brüder ein gutes Verhältnis, wo Herr Feiko Tamma doch die Werte seiner Eltern so ablehnte?«

»Es geht. Ich glaube, Feiko mochte es nicht, dass sein kleiner Bruder plötzlich ein erwachsener Mann war, der mehr Ahnung von dem hatte, was er da auf dem Hof tat, als Feiko. Feiko ist nicht gut darin gewesen, sich sagen zu lassen, wo er sich irrte. Er mochte Klugscheißer nicht und vor allem nicht, wenn sie dann auch wirklich klüger waren als er. Er musste selbst ankommen mit einer Frage, dann war er bereit zuzuhören.«

»Und das tat er? Er hörte Ihnen zu?«

»Oh ja. Wenn ich mit solchen Oberarmen und dem Sportwagen draußen ankam, dann war gleich klar, dass er mir zuhört.«

»Was gefiel ihm an Ihrem Sportwagen?«

»Dass ich ihn selbst repariert habe. Ich habe den beinahe komplett restauriert, ohne Hilfe. Früher habe ich in einer Autowerkstatt gearbeitet, und ich habe Ahnung von so was. Auch wenn ich mich jetzt darauf verlegt habe, mehr Menschen zu reparieren, mag ich Autos doch sehr.«

»Und konnten Sie Feiko Tamma reparieren?«

»Ich dachte, ja. Aber wenn er jetzt tot ist … können Sie mir sagen, wie er gestorben ist?«

»Nein, leider nicht.«

»Schade. Na ja, es muss ja Mord sein, wenn Sie ermitteln.«

»Können Sie sich jemanden vorstellen, der einen Groll auf Ihren Schützling gehabt haben könnte?«

»Ja sicher, lesen Sie seine Akte! Da sind viele drin, alte Weggefährten und Leute aus der Biker-Szene, die sicher alle froh wären, ihn nochmal in die Finger zu bekommen. Jetzt war er ja raus. Er hat mit allen gebrochen, die ihm Schutz hätten geben können, genauso wie mit denen, die ihn als Feind betrachteten. Das ist gefährlich, viele sind da sehr nachtragend.«

»Hat er denn jemanden verpfiffen?«

»Nicht, dass ich wüsste. Es kann sein, dass das in seiner Akte nicht aufgeführt ist, aber soweit ich weiß, hat er seine Strafe voll absitzen müssen und keinen Deal gemacht. Aber das kann trotzdem bedeuten, dass seine alten Freunde nicht glauben, dass er sie doch verpfiffen hat oder verpfeifen könnte.« Er lehnte sich zurück. »Oder …«

»Oder?«

»Oder er hat doch nie aufgehört mit dem Verbrechen. Ich kann mich auch irren. Wenn er wieder Kontakt aufgenommen hat, weiß ich das nicht. Es wäre allerdings eine Möglichkeit.«

»Aber Sie haben keine konkreten Namen?«

»Nein, tut mir leid. Ich betreue als Sozialarbeiter für den Landkreis gut neun Leute im Schnitt. Da kann ich nicht ständig alle meine Schützlinge durchgehend an der Hand halten. Das soll nicht hart klingen, aber ich biete denen Hilfe, die sie haben wollen. Ich überwache die Leute nicht. Das gehört dazu: Wenn Sie ihnen nicht vertrauen, dass sie ehrlich sind, wie sollen sie dann je wieder auf eigenen Füßen stehen?«

»Das ist natürlich wahr«, sagte Evert.

»Feiko war ein schwieriger Kerl. Die beiden anderen Bewährungshelfer vor mir hat er nicht respektiert. Ich dachte, er meinte es ehrlich, als er sagte, dass er nie wieder in den Knast will. Aber wer weiß? Vielleicht hat er nur entschieden, dass es die Mühe nicht wert ist, ständig neue Sozialarbeiter zu bekommen, und hat mich einfach angelogen, damit er seine Ruhe hat.« Gaiken Feenkamp zuckte mit den Schultern.

»Wäre es möglich, dass wir die Akten bekommen, die Sie über Herrn Tamma besitzen?« Evert reichte ihm seine Karte.

»Sicher, kann ich Ihnen nachher zuschicken, wenn ich wieder im Büro bin.«

»Das wäre sehr hilfreich, vielen Dank. Können Sie uns sagen, wofür Herr Tamma einsaß?«

»Diesmal für Erpressung und das Sprengen eines Bankautomaten. Frühere Kurzaufenthalte im Gefängnis waren wegen Körperverletzung, aber diesmal hatte er eine neue Stufe des Verbrechens erreicht.« Herr Feenkamp schüttelte den Kopf. »Ich kann es nicht glauben, dass er jetzt wirklich tot ist. Ich hatte mir wirklich Hoffnungen gemacht bei ihm. Er schien tatsächlich etwas ändern zu wollen an seinem Leben.«

»Wir wissen noch nicht, ob sein Tod damit zu tun hat und ob er wieder kriminell wurde«, sagte Wiebke.

»Nein, klar, das verstehe ich schon. Aber trotzdem ist er tot, wissen Sie. Feiko war nicht dumm, aus dem hätte noch etwas werden können. Ich habe wirklich gedacht, das schaffen wir zusammen. Er hatte eine feste Tätigkeit, geregelte Arbeitszeiten und ein altes, aber doch vollkommen getrenntes Umfeld von seinen kriminellen Aktivitäten. Es sah wirklich gut aus.«

»Sie können sich niemanden vorstellen, mit dem er Streit hatte?«

»Nein, nichts, was er erzählt hat.«

»Gab es eine Partnerin in seinem Leben?«

»Davon weiß ich nichts, aber das sollte seine Familie besser wissen.« Er sah auf seine Uhr. »Wenn das alles ist, muss ich jetzt auch gleich wieder los. Der Wagen da draußen fährt sich zwar flott, aber schneller, als es der Verkehr erlaubt, kann ich trotzdem nicht fahren.«

»Sie meinen sicher, schneller, als es die Verkehrsregeln zulassen«, bemerkte Wiebke.

»Sicher.«

Dann verabschiedete er sich von ihnen und versicherte nochmal, die Akten zu schicken, sobald er im Büro sein würde.

Anschließend wandte sich Evert an seine Kollegin: »Auch wenn wir noch auf die Akten der anderen Sozialarbeiter von Feiko Tamma warten, hast du doch eine Liste der Namen, oder?«

»Ja, natürlich.«

»Dann lass uns herausfinden, ob wir sie selbst ausfindig machen können. Wir warten doch sowieso noch auf eine Menge Freigaben für die Unterlagen zu den Straftaten von Herrn Tamma.«

»Gute Idee. Ich nehme Johanna Krell, du nimmst Peter Krasinski. Beide sollten noch für den Landkreis Aurich arbeiten.«

Evert setzte sich zurück an seinen Schreibtisch. Es dauerte nicht lange, bis er Herrn Krasinski bei der Kreisverwaltung Aurich fand. Offenbar hatte er sich in eine andere Abteilung versetzen lassen und war nun für die Förderrichtlinien der Jugendarbeit zuständig.

Evert wählte dessen Nummer, die er auf einer Unterseite der Kreisverwaltung gefunden hatte. Es klingelte mehrfach, sodass er schon auflegen wollte. Dann aber nahm endlich jemand ab.

»Lisa DeBoer, was kann ich für Sie tun?«

»Moin, Kriminalpolizei Aurich, Evert Brookmer«, stellte sich Evert vor. »Ich wollte eigentlich Herrn Peter Krasinski sprechen.«

»In welcher Angelegenheit?«

»Es geht um eine Betreuung, die er als Sozialarbeiter für den Landkreis durchgeführt hat. Weiteres würde ich lieber direkt mit ihm besprechen.«

»Das ist leider nicht mehr möglich, Herr Brookmer.«

»Wieso nicht?«

»Herr Krasinski ist tot.«

»Mein herzliches Beileid, das tut mir sehr leid.«

»Danke, wäre es das?«

»Ich habe seine Nummer noch auf Ihrer Internetpräsenz gefunden …«

»Ja, das muss noch geändert werden.«

»Darf ich fragen, wie er gestorben ist und wann?«

»Herr Krasinski ist seit zwei Monaten tot. Er hatte einen Herzinfarkt, von dem er sich nicht mehr erholt hat. Die letzten Monate vor seinem Tod hat er nur sehr wenig gearbeitet und seine Zeit vor allem mit Reha-Maßnahmen verbracht. Leider waren die wohl nicht von Erfolg gekrönt, und schlussendlich hatte er einen weiteren Infarkt, der ihn tötete.«

»In dem Fall bedanke ich mich für die Auskunft und wünsche Ihnen noch einen guten Tag.«

»Ihnen auch, Herr Brookmer, und noch weiterhin viel Erfolg.«

»Danke«, meinte Evert, während er auflegte. »Peter Krasinski ist tot.« Er sagte den letzten Satz zu Wiebke, die ihn mit fragend erhobenen Augenbrauen ansah, nachdem er aufgelegt hatte.

»Ein Fall für uns?«

»Schwerlich, es sei denn, der Mörder verursacht Herzinfarkte.«

»Das wäre immerhin originell«, meinte Wiebke. »Aber schade, das heißt, wir können mit ihm nicht sprechen. Seine Vorgängerin, Frau Johanna Krell, habe ich aber ausfindig gemacht. Sie hat laut Akten vor Herrn Tammas letzter Gefängnisstrafe mit ihm zu tun gehabt und ihm auch schon in seiner Jugendzeit zu helfen versucht.«

»Können wir sie sprechen?«

»Ja, allerdings arbeitet sie nur noch drei Tage die Woche. Ihre Kollegin hat mir ihre Adresse gegeben und angeboten, dass wir bei ihr vorbeikommen.«

»Wo wohnt sie?«

»Sie wohnt im Extumer Weg, Ecke Lazarettweg. Das ist nicht weit.«

»Dann lass uns mal einen Blick in die Akten werfen, damit wir gut vorbereitet sind«, meinte Evert.

»Nein, wir müssen erst zu ihr«, sagte Wiebke. »Die Akten zu Herrn Tammas Verbrechen werden uns nicht weglaufen, sie sagt aber, sie hat jetzt Zeit, sonst erstmal nicht.«

»Denkst du, sie kann viel beitragen zu dem Fall?«

»Sie hat den Toten immerhin sehr lange gekannt«, meinte Wiebke und zuckte mit den Schultern. »Ich hoffe zumindest darauf, dass sie eine gute Informationsquelle ist. Außerdem sind noch nicht alle Akten freigegeben, die Herrn Tammas frühere Verbrechen betreffen. Manches davon ist nicht komplett digitalisiert.«

»Also gut, sprechen wir mit Frau Krell«, stimmte Evert zu und stand auf. Fiete hob neugierig den Kopf.

»Wir gehen ein bisschen«, sagte Evert. Der Hund sprang sofort wedelnd auf und lief zu seinem Herrchen.

Evert und Wiebke verließen gefolgt vom schwarzen Labrador Retriever das Büro und gingen hinunter auf die Straße vor dem Gebäude der Polizeiwache Aurich. Von hier aus wechselten sie über den Fischteichweg hinüber und folgten dann dem Georgswall. Hier stand das kleine Büdchen von Oma Tieske.

Die resolute alte Frau grüßte sie. »Evert, einen Kaffee?«

»Nein, auf dem Rückweg hole ich mir gerne einen«, sagte er. »Jetzt gerade nicht.«

»Oh, wie lange wird es denn dauern? Dann setze ich noch neuen Kaffee passend auf. Wenn du es eilig hast, weil ihr einen neuen Fall habt, dann ist Zeit ja immer wichtig.«

»Wir schauen mal, wie lange es dauert.«

»Ja, aber ich brauche ja eine Uhrzeit, damit ich den Kaffee passend fertig habe.«

»Ich warte dann die fünf Minuten, wenn ich wieder herkomme«, sagte Evert.

»Na gut, wenn du willst«, sagte sie. »Dann könnt ihr mir ja erzählen, was es mit eurem neuen Fall so auf sich hat.«

»Wer sagt überhaupt, dass wir einen neuen Fall haben?«, fragte Wiebke.

»Ach, so zielstrebig, wie ihr geht, da ist doch was zu ermitteln«, meinte Oma Tieske und lächelte verschmitzt.

»Na, dann tun wir das mal«, sagte Evert, und sie gingen weiter. Von Oma Tieskes Kiosk aus bogen sie in eine Gasse, die sie zum Marktplatz brachte. Von hier folgten sie der Burgstraße, bis die zur Oldersumer Straße wurde und sie schließlich in den Lazarettweg einbiegen konnten. Hier in einem einstöckigen Zweiparteienhaus wohnte Johanna Krell.

Evert und Wiebke gingen zur Haustür und betätigten die Klingel. Es dauerte einen Moment, bis der Türsummer ihnen verriet, dass sie eintreten konnten.

Eine ältere Dame stand an der Tür am anderen Ende des Hausflurs. Sie sah aus wie Anfang sechzig und hatte ihre dunklen, deutlich grau durchwirkten Haare zu einem Dutt zusammengefasst. Auf ihrer Nase saß eine Brille, deren kreisrunde Gläser ihr Gesicht fülliger erscheinen ließen. Gleichzeitig vergrößerten sie ihre Augen deutlich.

»Ja?«, fragte sie gedehnt.

»Frau Krell? Mein Name ist Wiebke Jacobs, das ist mein Kollege Evert Brookmer. Wir sind von der Kriminalpolizei Aurich. Ich habe vor Kurzem mit Ihrer Kollegin telefoniert.«

»Ja, sie hat mir gerade eine Nachricht geschrieben, dass Sie vielleicht kommen. Dann kommen Sie mal rein, ich habe gleich noch einen VHS-Kurs, zu dem ich will.«

»Wir haben auch nur ein paar kurze Fragen«, sagte Wiebke. Als sie und Evert zur Wohnungstür gingen, fragte Evert: »Ist es für Sie in Ordnung, wenn mein Hund mit reinkommt?«

»Wenn er sich zu benehmen weiß, ja«, sagte sie und rückte ihre Brille zurecht. Sie beugte sich ein wenig vor, als Fiete näher kam, und schien ihn genau zu mustern.

Der schwarze Labrador Retriever sah kurz zu Evert und schien durch die Frau und ihre Aufmerksamkeit verunsichert.

Dann wandte sie sich ab und führte die beiden Ermittler durch den Wohnungsflur in ihr Wohnzimmer. Dort setzte sie sich auf ein schmales Zweisitzersofa, dem gegenüber ein weiteres

Modell stand. Während ihres blau war, hatte man das andere mit einem roten Stoff bezogen. Evert und Wiebke setzten sich.

»Also, Sie wollten mich wegen Feiko Tamma sprechen. Was hat er jetzt wieder angestellt?«

»Frau Krell, wir müssen Ihnen mitteilen, dass Herr Tamma tot ist.«

»Oh. Seit wann?«

»Er wurde heute Morgen tot aufgefunden. Wir ermitteln in seinem Todesfall«, erklärte Evert.

»Ich verstehe«, murmelte sie. »Also gut, was wollen Sie wissen?«

»Sie waren einige Jahre die Betreuerin von Herrn Tamma, ist das richtig?«

»Ja, bis vor seiner Gefängnisstrafe.«

»Die hat er vor sechs Jahren angetreten.«

»Genau, ich war seit seinen frühen Zwanzigern immer wieder in Kontakt mit ihm. Er hat in seiner Jugend viele Delikte im Landkreis Aurich begangen und deswegen immer wieder mit mir zu tun gehabt. Dann ist er nach Bremen und auch Hamburg gezogen, also war er nicht mehr mein Problem. Doch ich habe sporadisch mit ihm telefoniert.«

»Wieso das?«

Sie schwieg einen Moment und rückte ihre Brille zurecht. »Ich bin mir nicht ganz sicher. Er suchte in unregelmäßigen Abständen den Kontakt. Ich denke, aber das ist strikt mein persönlicher Eindruck, dass er schon seit Langem nicht zufrieden mit dem Leben war, das er führte. Ich habe ja seit sicher acht Jahren nicht mehr die Zuständigkeit für seine Delikte gehabt, auch wenn er wohl immer mal wieder hier im Landkreis einen Wohnsitz hatte. Seine Kontaktaufnahmen folgten immer dem gleichen Muster. Wir haben über Belanglosigkeiten geredet. Ich habe eine sehr lange und umständliche Krankengeschichte, und er hat immer nachgefragt. Ich glaube, ich diente ihm etwas als Anker in der Normalität. Seine eigene Familie schien ihm bei jedem Kontaktaufnahmeversuch Vorhaltungen zu machen, darum ließ er es irgendwann bleiben.«

»Wann haben Sie das letzte Mal mit ihm gesprochen?«

»Das war vor seiner Gefängnisstrafe, also vor sechs Jahren. Genau weiß ich das nicht mehr. Er hat vor einigen Wochen versucht, mich anzurufen. Ich war aber nicht da, weil ich nicht mehr Vollzeit arbeite. Meine Kollegin hat notiert, dass er sagte, er sei nun wieder draußen und er wollte mit mir reden. Ich habe nicht zurückgerufen.«

»Wieso nicht?«

Erneut machte sie ihre Gedankenpause. »Ich habe genug Zeit auf ihn verwendet, Herr … Brookmer?«

»Genau. Was meinen Sie damit?«

»Ich habe immer wieder Leute, die mir versprochen haben, sich zu bessern. Irgendwann hört man nicht mehr zu. Man muss aufpassen, in diesem Betätigungsfeld nicht zynisch zu werden. Es gibt Leute, die es wirklich nicht leicht hatten, doch es ist oft eine grundsätzliche Frage, wie sie damit umgehen. Manchmal hilft es, wenn ihnen ein Ausweg gezeigt wird, wenn ihnen Strukturen geboten werden, um eine Alternative zu sehen. Wer diese Alternative sieht, kann nach ihr streben und tun, was nötig ist. Doch es gibt auch Leute, die gerne behaupten, dass sie nie eine Wahl hatten und sich in dieser Ausrede einrichten. Herr Tamma war ein Junge aus einem vernünftigen Umfeld, der sehr tief abgerutscht ist, und ich habe keine Lust gehabt, mir das länger anzusehen. Das war nicht mehr meine Arbeit, oder genauer: Er war nicht mehr meine Arbeit. Er war das Problem von jemand anderem.«

»Im Moment ist Herr Feenkamp zuständig für ihn. Kennen Sie ihn?«

»Wir kennen uns beruflich, das ist dieser Oldtimer-Liebhaber, nicht wahr, mit diesem lauten Auto? Ich verstehe nicht, wie man so einen Lärm schätzen kann. Aber gut, es muss sich jeder seinen Ausgleich suchen. Vielleicht befriedigt es Herrn Feenkamp, ein Auto reparieren zu können, wenn bei unserer Arbeit oft nach viel Mühe niemand repariert wurde und kein Leben besser ist.« Sie klang etwas bitter in Everts Ohren.

»Sie sind enttäuscht von Herrn Tamma?«, fragte er.

»Nein, nicht von ihm im Speziellen. Von all den Tammas, die ich in den Jahren gesehen habe.« Sie rückte erneut ihre Brille zurecht. »Aber so ist das. Man muss damit umgehen. Das ist es, was diese Leute oft nicht tun: Sie gehen nicht mit ihren Problemen um. Sie wissen, was sie vermeiden, und sie wissen, dass sie sich dem stellen sollten, was sie vermeiden. Doch sie tun es nicht. Es kann sehr frustrierend sein, wenn Sie wissen, dass da tickende Zeitbomben durch die Straßen laufen, und doch müssen sie warten. Aber das ist sicherlich befriedigender bei der Polizei: Sie werden erst aktiv, wenn etwas passiert ist. Wir müssen manchmal lange zusehen und können nichts tun.«

»Das muss frustrierend sein«, stimmte ihr Evert zu.

»Das ist es«, sagte sie und sah auf ihre Armbanduhr. »So, und jetzt würde ich gerne los. Wäre es das?«

»Wir wüssten gerne noch, ob Sie sich jemanden vorstellen könnten, der einen Groll gegen Feiko Tamma gehegt hat.«

»Nein, aber in seinen Akten stehen einige. Er hat mehrere Körperverletzungen begangen, und ich glaube, er ist wegen Erpressung ins Gefängnis gekommen. Da finden Sie sicher jemanden.«

»Das werden wir überprüfen.« Evert reichte ihr seine Karte. »Wenn Ihnen noch etwas einfällt, melden Sie sich bitte.«

»Das mache ich.«

Sie verabschiedeten sich von ihr und verließen die Wohnung. Draußen auf der Straße machten sie sich auf den Weg zurück zur Polizeiwache.

Der Wind hatte zugenommen, während sie in die schmale Gasse zum Georgswall einbogen. Evert band sich seinen Zopf einmal neu, denn sein langes Haar war durch den Wind durcheinandergeraten.

Sie gingen zurück zum Georgswall. Als Oma Tieske sie sah, winkte sie ihnen zu und füllte Evert einen Becher Kaffee auf. Ungefragt stellte sie ihm den auf die Theke ihrer kleinen Bude.

»Für dich auch was, Wiebke?«

»Nein, danke.«

»Sieh aber zu, dass du genug trinkst. Es ist im Moment ganz schön warm, und wenn ihr dauernd herumrennt, von einem zum anderen, bleibt so was sicher oft auf der Strecke.«

»Keine Sorge, mache ich«, meinte Wiebke.

»Und, wie geht euer schwieriger Fall?«

»Da dürfen wir nicht drüber reden«, sagte Evert und bezahlte den Kaffee.

»Ach, ich will ja auch keine Details. Ich will nur wissen, ob jemand tot ist, den man kennt.«

»Du vermutlich schon«, meinte Evert. »Du kennst doch alle hier.«

»Na, das ist nicht richtig. Heutzutage haben die Leute viel weniger Zeit für einen Klönschnack hier bei mir. Früher waren das mehr.«

»Es sind aber immer noch einige, die hier vorbeikommen«, meinte Evert und nahm einen Schluck von dem Kaffee.

»Schmeckt er?«, fragte Oma Tieske.

Evert runzelte die Stirn. »Ja«, sagte er. »Wieso?«

»Nur so.«

»Das fragst du doch nicht nur so.«

»Jetzt guck nicht so misstrauisch! Der ist nicht vergiftet. Ich habe nur zwei Bohnensorten zusammengekippt, weil ich nicht mehr genug von beiden hatte für eine Kanne.«

»Dann ist das jetzt also eine Auricher Mischung?«

»So könnte man es nennen. Aber genieß ihn, mehr als die Kanne gibt's davon nicht. Ich habe mir ja nicht gemerkt, wie viel das von was ist.«

»Schade, er schmeckt sehr gut.«

»Willst du noch ein paar Colaschlangen oder anderen söten Kraam?«

»Gerne, mach mir mal etwas fertig«, sagte Evert.

Während Oma Tieske eine kleine Papiertüte mit den Colaschlangen und einigen Fruchtgummis füllte, fragte sie: »Also, der Tote ist nicht in Aurich verstorben, oder?«

»Nee, wie kommst du darauf?«, fragte Wiebke.

»Weil das dann ja schon die Runde hätte machen können. Aber hat es nicht, also muss es weiter weg sein.«

»Tja«, machte Wiebke nur, und Evert nahm noch einen Schluck von seinem Kaffee, während Oma Tieske die Süßigkeitentüte vor ihn stellte.

Er bezahlte, während Oma Tieske erwartungsvoll von einem der beiden zum anderen sah.
»Ihr seid aber toknoopt, ich werde schon nicht gleich alles weitererzählen.«
»Das sagen wir auch nicht, aber noch gibt es nicht mal eine offizielle Pressemitteilung. Da können wir nicht herumlaufen und es weitersagen«, erklärte Wiebke.
»Ja, so ist das, da kennt man sich schon so lange, und die Arbeit geht dann doch vor«, meinte Oma Tieske, und Evert war sich nicht sicher, ob sie Wiebke nicht aufzog. »Aber ich wünsche euch trotzdem viel Erfolg, dass ihr euren Fall gelöst bekommt.«
Die beiden bedankten sich bei ihr und wünschten Oma Tieske noch einen schönen Nachmittag. Dann gingen sie zurück zur Polizeiwache.

Kapitel 3

Evert Brookmer saß an seinem Schreibtisch im Büro der Kriminalpolizei Aurich. Neben ihm stand der leere Kaffeebecher, den er von Oma Tieske geholt hatte. Evert schob sich eine weitere Colaschlange in den Mund, während sein Blick weiterhin auf den Bildschirm gerichtet war.

Er und Wiebke arbeiteten beide die alten Fallakten von Feiko Tamma durch. Tatsächlich schien es so, dass der Mann ein ziemlich langes Vorstrafenregister hatte, sodass sie beide nun schon eine ganze Weile damit beschäftigt waren, sich chronologisch durch seine Straftaten zu arbeiten.

Evert lehnte sich zurück.

»Also, ich denke, wir sollten die Überlegungen von Herrn Feenkamp verfolgen«, meinte Wiebke. »Die beiden letzten Strafsachen, für die Herr Tamma ins Gefängnis gekommen war, sind beides Fälle, bei denen sich vielleicht heutzutage doch noch jemand gerächt hat.«

»Ja«, meinte Evert. »Womit fangen wir an? Mit der Erpressung oder der Bankautomatensprengung?«

»Zum Komplizen der Bankautomatensprengung ist keine Telefonnummer zu finden und wir müssten zu der neuen Adresse von Feiko Tammas damaligem Partner erstmal hinfahren. Für die Erpressung müssen wir zwar auch fahren, aber nur kurz nach Sandhorst rauf«, sagte Wiebke. »Ich würde also vorschlagen, wir fangen damit an, weil es näher liegt. Vielleicht schaffen wir noch beides zu klären, bevor alle nach Hause gehen. Immerhin haben wir nur die Adressen von ihnen von vor sechs Jahren, aber ich habe die Leute zumindest alle im Internet mit ihren momentanen Anstellungen gefunden.«

»Sprechen wir mit ihnen und schauen, wie gut sie auf den Toten noch zu sprechen waren«, meinte Evert und stand auf, um sich seinen Kurzmantel anzuziehen.

Sofort war Fiete auf den Beinen und lief um ihn herum.

Evert schnappte sich die letzte Colaschlange aus der Papiertüte auf seinem Schreibtisch, und der Hund setzte sich hin.

»Fiete, das ist für mich«, sagte Evert, doch der Hund schien anzunehmen, dass es sich um ein Leckerchen handelte.

Als Evert es selbst aß, sanken die Ohren des Hundes herunter und er schien enttäuscht zu sein. Während Evert und Wiebke zur Tür des Büros gingen, sprang der Hund aber auf und lief ihnen nach.

Nachdem der Hund in der Box des Dienstwagens verstaut war, fuhren sie los. Von der Polizeiwache im Süden der Altstadt von Aurich aus ging es die Dornumer Straße entlang durch den kleinen Ort Sandhorst, und sie bogen in das dahinter liegende Gewerbegebiet im Norden Aurichs ein. Vom Kreihüttenmoorweg ging es in die Borsigstraße. Dort fuhren sie auf den Parkplatz einer Gerüstbaufirma. Sie parkten neben dem Eingang der lang gezogenen Halle, Evert ließ seinen Hund aus dem Auto, und dann gingen sie durch den Haupteingang herein. Die Eingangstür lag an einem Raum, der wirkte, als habe man einen kleinen Kasten neben die große Halle gesetzt.

Im Inneren gelangten sie direkt in einen kleinen Vorraum mit einer langen Holztheke, hinter der ein Schreibtisch angebracht war. An diesem saß eine Frau Mitte dreißig. Sie spielte mit einer dunklen Locke, die aus ihren hochgesteckten Haaren herausgefallen war, und sah über die randlose Brille auf ihrer Nase hinweg konzentriert auf einen Bildschirm.

Als Evert und Wiebke eintraten, hob sie kurz den Blick, runzelte die Stirn und wollte etwas sagen, doch da klingelte das Telefon neben ihr auf dem Schreibtisch.

Beinahe reflexhaft griff sie dorthin, immer noch die Neuankömmlinge ansehend, und sagte: »Thaddäus Gerüstbau, Sie sprechen mit Okka Gibbart. Was kann ich für Sie tun? – Nee, der Ubbo ist schon unterwegs. Ja, den musst du auf dem Handy anrufen. Nein, das machst du selbst!« Sie legte auf und setzte ein geschäftsmäßiges Lächeln auf. »Was kann ich für Sie tun?«, fragte sie.

Evert zeigte ihr seinen Dienstausweis. »Evert Brookmer, das ist meine Kollegin Wiebke Jacobs, wir sind von der Kriminalpolizei Aurich. Wenn ich das richtig verstanden habe, sind Sie Okka Gibbart, richtig?«

»Das stimmt«, sagte sie und lehnte sich etwas zurück. Auf Evert wirkte es, als würde sie sich anspannen.

»Wir würden Ihnen gerne ein paar Fragen stellen. Ginge das jetzt?«

Sie sah auf die Uhr. »Ich habe zwar keine Überstunden, die ich abfeiern kann, aber ich habe keine Mittagspause gemacht. Worum geht es denn?«

»Um Feiko Tamma.«

Sie verzog den Mund etwas. »Einen Moment.« Sie stand auf und ging zu einer der Türen hinter sich. Nach einem kurzen Klopfen trat sie ein. Da sie die Tür nur anlehnte, konnte Evert hören, was im Inneren gesprochen wurde.

»Was gibt's, Okka?«, fragte eine Männerstimme.

»Herr Thaddäus, ich habe keine Mittagspause gemacht und gerade hat sich etwas Privates ergeben, das kurz erfordert, dass ich mich darum kümmere. Freunde von mir sind zu Besuch und haben mich überrascht, ich will kurz mit Ihnen besprechen, wo wir uns nachher treffen. Ich bin eben draußen, aber nicht für eine Minute länger, als meine Mittagspause wäre.«

»So machen wir das, Okka, so machen wir das. Bis gleich dann. Lass meine Tür offen, dann höre ich ja, wenn jemand reinkommt.«

»Danke, Herr Thaddäus.«

Sie kam heraus, nickte den Ermittlern zu, als sie ihre Handtasche von unter dem Schreibtisch nahm und an ihnen vorbei hinausging. Draußen sah sie sich um und deutete auf einen Fischbrötchenwagen, der auf dem gegenüberliegenden Parkplatz eines Supermarktes stand. »Wollen wir dahin gehen? Ich habe nämlich auch noch nichts zu essen bekommen und ich habe das Gefühl, dass das, was immer Sie gleich sagen, mir auf den Magen schlagen wird.«

Evert nickte. »Von mir aus gerne. Aber warum denken Sie, dass es Ihnen auf den Magen schlagen wird?«, fragte er, während sie die paar Meter hinübergingen.

Anstatt ihm zu antworten, bestellte Okka Gibbart erstmal ein Krabbenbrötchen. Nachdem sie es bekommen hatte, stellte sie sich mit den beiden Ermittlern an einen Tisch, der weit genug weg vom Standbetreiber war, um keine ungewollten Zuhörer zu haben.

»Tja,« meinte sie und biss in das Brötchen, um offenbar etwas Zeit durch das Kauen zu gewinnen. »Weil Feiko so ein Kapitel in meinem Leben ist, das nie gut war und mich offenbar nicht loslässt.« Sie nahm noch einen Bissen, dann sagte sie: »Wieso also sind Sie hier? Will er was?«

»Nein, es tut uns sehr leid, Ihnen das mitteilen zu müssen, aber Herr Tamma ist tot.«

Sie wollte in diesem Moment noch einmal abbeißen, ließ aber das Brötchen nun sinken. »Tot?«, echote Okka Gibbart.

»Leider ja. Wir ermitteln in seinem Todesfall.«

»Er wurde also ermordet? Wenn die Kripo auftaucht und wissen will …« Sie schüttelte den Kopf. »Ermordet?«

»Ja, das wurde er nach allem, was wir wissen«, sagte Evert. Er wollte nicht zu sehr ins Detail gehen, denn der Umstand und die Todesursache waren Täterwissen und damit fallrelevant. Ein Mann war erstochen worden und dann hatte man ein Feuer gelegt, um die Spuren zu verwischen. Für Evert war klar, dass hier Emotionen im Spiel gewesen sein mussten. Er war sich nur nicht sicher, ob Okka Gibbart wirklich so erstaunt war, wie sie tat.

»Das kann ich nicht glauben«, sagte sie und biss nun erneut bei ihrem Brötchen ab. Während sie kaute, fügte sie hinzu: »Was wollen Sie denn dann von mir? Mein Alibi?«

»Das wäre grundsätzlich auch etwas, das wir haben wollen«, bestätigte Wiebke. »Wo waren Sie gestern Abend ab acht Uhr bis heute Morgen um kurz nach sieben?«

»Das ist ja mal präzise! Ich war ab acht Uhr zu Hause in Emden und bin um sechs Uhr heute Morgen losgefahren, damit ich dann auch trotz Berufsverkehr vor sieben bei der Arbeit war.«

»Gibt es Zeugen dafür?«

»Nein, tut mir leid. Im Moment lebe ich allein.«

»Könnten Sie uns sagen, wie Sie zum Toten standen?«

»Das wissen Sie doch sicher alles. Gibt es keine Akte über uns?«

»Doch, aber wir würden es gerne von Ihnen hören. In einer Akte steht nicht alles drin.«

»Das glaube ich gerne. Also, vor fast sieben Jahren, da habe ich bei einer Firma in Emden gearbeitet, im Norden der Stadt in Harseweg war das. Die Logistikfirma Paaterke, da habe ich direkt nach der Höheren Handelsschule in der Verwaltung angefangen und dann für einige Zeit gearbeitet.«

»Sie kannten Herrn Tamma damals schon eine Weile?«

»Ja, ich war oft bei meiner Schwester in Bremen. Da habe ich ihn in einem Club kennengelernt. Toller Kerl, aber eher jemand, mit dem man als Frau Spaß hat und nicht erwartet, dass er plötzlich ein solider Mann für Haus und Kinder wird.« Sie sah nachdenklich auf den Parkplatz. »Nicht, dass ich den noch gefunden habe, bisher. Aber ich wusste von seinen kriminellen Geschäften. Er hat mir auch mal Drogen besorgt, aber das war nicht meine Welt. Als ich dann anfing, bei Andreas Paaterke zu arbeiten, habe ich bei den Finanzunterlagen etwas entdeckt.«

»Und zwar?«

»Dass der Chef selbst Gelder veruntreut. Er hat hier und da Geld abgezweigt, Rechnungen gefälscht und abgesetzte Anschaffungen der Firma unter der Hand für Bargeld verkauft. Je länger ich da war, umso mehr merkte ich das, und erst wollte ich zur Polizei gehen. Aber ich hatte Angst, denn das war mein Chef! Ich dachte, ich habe Fehler gemacht, ich verstehe es nur nicht richtig. Doch dann wurde mir klar, dass er mich für dumm hielt, und in Wirklichkeit war er ein arroganter Sack. Er betrog alle und glaubte nicht, dass ich das merke! Und da kam mir eine Idee: Er hatte eine Menge Geld auf der hohen Kante. Wieso sollte ich davon nicht etwas abbekommen?«

»Sie haben Ihren Chef erpresst.«

»Ich wollte nicht, dass er darunter groß leidet, ich wollte nur ein wenig Geld haben. Aber ich hatte Furcht. Der Paaterke war ein Kerl, der mir richtig Angst machte, und ich habe mich an Feiko erinnert. Wir hatten damals nur noch sporadischen Kontakt. Aber ich erinnerte mich, dass er damals oft in Ostfriesland war, weil er hier und da Geschäfte gemacht hatte, kleine Gaunereien, mal als Türsteher in Emden oder Leer gearbeitet, sowas. Ich habe ihn angerufen und vorgeschlagen, dass wir halbe-halbe machen, wenn er mir aushilft und das Verhandeln übernimmt.«

»Also hat sich Feiko Tamma mit Ihrem damaligen Chef Andreas Paaterke in Kontakt gesetzt und ihm gedroht, dass die Veruntreuung der Mittel herauskommt.«

»Ja, genau. Leider habe ich nur einen Fehler gemacht.«

»Und der war?«

»Ich habe nicht damit gerechnet, dass Paaterke sich mitten in einer Scheidung befand und einfach überschnappte, als wir ihm unser vernünftiges Angebot gemacht haben.«

»Wie ist er übergeschnappt?«

»Er hat sich selbst angezeigt und uns gleich mit. Ich habe leider Unterlagen für die Erpressung benutzt, durch die er wusste, dass nur ich diejenige sein kann, die hinter Feiko steht. Wir wurden alle von der Polizei abgeholt, und Herr Paaterke kam mit der geringsten Strafe durch, weil er geständig war.«

»Das muss sehr frustrierend gewesen sein.«

»Oh, das war es. Aber für mich war es weniger schlimm als für Feiko. Der hatte so viel Dreck am Stecken, dass er ins Gefängnis musste. Ich kam mit einer Bewährungsstrafe davon. Ich kann sehr überzeugend die Unschuld vom Lande spielen.« Sie lächelte Evert an und zwinkerte. »Manche stehen da drauf.«

»Herr Tamma hingegen musste ins Gefängnis. Haben Sie seitdem noch Kontakt gehabt?«

»Nein, wieso sollte ich? Das war alles vorbei. Ich habe mir nichts zuschulden kommen lassen seitdem. Ich nehme die Auflagen ernst!«

»Es gab kein böses Blut zwischen Ihnen beiden?«

»Von mir aus nicht mehr. Das ist alles so lange her.«

»Wissen Sie, dass Herr Tamma seit Kurzem auf freiem Fuß war?«

»Ja, ich habe von einer Cousine von mir gehört, dass er bei seinem Bruder arbeiten soll. Sie wohnt in Hinte, da kommt Feiko auch her.«

»Sie haben aber keinen Kontakt aufgenommen?«

»Nein.«

»Wissen Sie, ob Andreas Paaterke noch immer bei der Firma mit seinem Namen arbeitet?«

»Oh ja, der ist immer noch in Emden. Das alles hat ihm wohl nicht geschadet. Aber ich habe seitdem nicht mit ihm geredet. Ich denke mal, er ist ziemlich sauer auf uns. Ich vermeide es seitdem, zu nahe an Harseweg vorbeizufahren. Ich will ihn nicht treffen.«

»Verstehe. Könnten Sie sich jemanden vorstellen der Feiko Tamma den Tod gewünscht hat?«

Sie lachte und verschluckte sich an dem letzten Bissen ihres Brötchens. »Sie kannten ihn nicht«, sagte sie. »Ich meine, ich weiß nicht, wie er jetzt war, nach dem Gefängnis. Aber eines ist sicher: Feiko hat es geschafft, jeden anzupissen. Das machte ihm Spaß. Er hat immer zeigen wollen, dass er das Sagen hatte. Er war ein Schrank von einem Kerl damals. Er konnte mich hochheben und seine T-Shirts waren meist etwas zu eng gekauft, damit sie seine Oberarme betonten. Damit hat er schon gleich dafür gesorgt, dass man ihm als Türsteher nicht krumm kommt! Wenn ihn damals ein Dutzend Leute nicht leiden konnten, dann sind es inzwischen sicher doppelt so viele. Er liebte es, klarzumachen, dass er das Sagen hat.« Sie lächelte dabei verträumt, als sie sich offenbar erinnerte.

»Aber konkrete Namen können Sie uns nicht nennen?«

»Nein, tut mir leid. So eine Art von Beziehung war das nicht zwischen uns.« Sie sah auf ihre Armbanduhr. »Kann ich zurück zur Arbeit?«

»Okay, hier ist meine Karte. Darunter können Sie uns jederzeit erreichen, wenn Ihnen noch etwas einfällt. Scheuen Sie sich nicht, sich zu melden.«

»Gut, mache ich.« Sie nahm die Karte, steckte sie in die Handtasche und warf die Papierserviette, die um ihr Brötchen gelegen hatte, in den Mülleimer neben dem Fischwagen. Dann sah sie noch einmal zu Evert. »Ich hoffe, Sie finden ihn«, sagte sie. »Den Täter, meine ich. Feiko war ein feiner Kerl, wenn auch nur auf seine Weise.«

»Ich kann Ihnen versichern, dass wir alles tun, was in unserer Macht steht, um den Täter zu identifizieren«, sagte Evert.

Die Frau nickte und verabschiedete sich von ihnen.

Als sie einige Schritte von ihnen weg war, ging Evert zu der Theke der Fischbude. »Willst du auch was?«, fragte er Wiebke.

»Ich habe den ganzen Tag noch nichts gegessen außer den Süßigkeiten von Oma Tieske. Ich kann ein Fischbrötchen vertragen.«

Sie sah auf ihre Armbanduhr. »Ja, vielleicht«, meinte sie.

Evert bestellte für sich ein Matjesbrötchen, während Wiebke eines mit Krabben nahm. Als sie sich an einen der Stehtische stellten, lief Fiete neugierig um sie herum. Sein Fokus lag eindeutig auf Wiebkes Brötchen.

»Mag er Krabben lieber?«, fragte sie an ihren Kollegen gerichtet.

»Nein, aber er weiß, dass ich ihm nichts abgebe. Sein Hundeblick wirkt bei mir nicht. Na ja, meistens nicht.«

»Ach, und mich kann man damit manipulieren?«, meinte sie und sah streng zu Fiete. Der legte seinen Kopf zur Seite und schob die Ohren zurück, sodass seine Augen noch größer wirkten.

»Er weiß schon, was er tut«, meinte Evert, als Wiebke dem Hund eine Krabbe zuwarf. »Er hat dich da dressiert.«

Geschickt fing Fiete sie aus der Luft und schmatzte genüsslich, als er sie heruntergeschluckt hatte.

Sie aßen ihre Brötchen auf und gingen zurück zum Auto.

Kapitel 4

Es dauerte gut eine Dreiviertelstunde, bis sie in das ehemalige Gewerbegebiet im Emder Stadtteil Harseweg gelangten. Dort arbeitete bis heute Andreas Paaterke.

Sie fuhren auf den großen Parkplatz der Paaterke GmbH und parkten neben einigen anderen Autos. In einer Waschanlage für Lkws wurde in diesem Moment ein Anhänger gereinigt, Leute riefen sich etwas zu, während Evert seinen Hund aus dem Kofferraum ließ und an die Leine nahm. Dann ging er zusammen mit Wiebke zu dem Gebäude, auf dem der Name der Firma angebracht war.

Sie kamen in ein Großraumbüro, in dem gut ein Dutzend Stehtische standen. Ein Mann Anfang fünfzig sah von seinem Computerbildschirm auf und nickte ihnen zu.

»Moin«, sagte er.

»Moin, Kripo Aurich. Wir würden gerne mit Herrn Paaterke sprechen.«

»Dem Chef oder dem Senior?«

»Andreas Pateerke«, präzisierte Evert.

»Dann also dem Senior, der bin ich.« Der Mann stand etwas umständlich auf. Sein dicker Bauch spannte sein Hemd und hing so weit über den Gürtel seiner Jeanshose, dass die Gürtelschnalle nicht zu erkennen war. Er trat zu ihnen. »Wat gibt es denn?«

»Wir würden gerne mit Ihnen über Feiko Tamma sprechen.«

Sofort verdüsterte sich der Gesichtsausdruck von Andreas Paaterke. »So.«

»Ja, Herr Tamma ist tot. Wir ermitteln in seinem Mordfall.«

Nun wanderten die Augenbrauen von Andreas Paaterke in die Höhe. Er sagte aber nichts, also fuhr Evert fort: »Wie war Ihr Verhältnis zu dem Verstorbenen?«

»Wat für ein Verhältnis? Ich habe den Schmalspurganoven vor sechs Jahren in den Knast gebracht. Mehr habe ich nicht mit ihm zu tun.«

»Sie hatten keinen Kontakt zu ihm, seit er aus dem Gefängnis ist?«

»Nein.«

»Aber Sie wussten, dass er entlassen wurde?«

»Ja, das hat mir irgendwer erzählt. Das ist Ostfriesland, da kennt jeder jeden.«

»Störte Sie, dass er auf freiem Fuß war?«

»Nein, er hat seine Strafe bekommen. Sollte man nicht zu eng sehen. Wäre ja auch nichts, wenn ich gegen Rehabilitierung wäre.«

»Wieso das?«, fragte Wiebke.

»Weil ich ja aus Ihrer Sicht sicher selbst Dreck am Stecken habe. Ich habe immerhin Gelder veruntreut, und das nicht zu knapp. Nur darum konnte mich die dumme Schlampe mit ihrem Kleinganoven erpressen. Aber so wurde das nichts, die haben die Rechnung ohne den Wirt gemacht. Haben beide ihr Fett weg bekommen. Ich selbst musste auch sechs Monate ins Gefängnis und anschließend …« Er leckte sich über die Lippen. »Tja, anschließend ging es mir ja gut.«

»Sie arbeiten nun in der Firma Ihres Sohnes«, schloss Evert aus seiner vorherigen Frage.

»Ja.«

»Hat er Ihre Firma übernommen?«

»Musste ja einer machen. War für den Ruf auch besser. Der Junge hat sich gut gemacht. Gibt klar und deutlich Anweisungen, weiß, was er will.« Herr Paaterke wirkte angespannt und versuchte offenbar, den gegenteiligen Eindruck zu vermitteln. Ob er einfach nur unzufrieden mit seiner Situation war oder etwas anderes an ihm nagte, konnte Evert nicht sagen.

»Wo waren Sie gestern ab acht Uhr abends bis heute Morgen um sieben?«, fragte Evert.

»Was für eine Frage. Ich war zu Hause in Transvaal. Ich wohne in Emden und bin aus dem Alter raus, wo ich den ganzen Abend weggehe. Da war ich bis … sechs, halb sieben? Dann bin ich hier gewesen, wie Ihnen die Stechuhr belegen kann.«

»Herr Paaterke, wir müssen solche Dinge klären. Können Sie sich jemanden vorstellen, der es auf Feiko Tamma abgesehen hatte?«

»Jeder, der ihn kannte. Der Kerl suchte immer Ärger und hat ihn auch gefunden. Da änderte auch nichts daran, dass er jetzt Bauer spielte.«

Evert runzelte die Stirn. »Dass er auf einem Bauernhof arbeitet, haben wir nicht erwähnt.«

»Nee, Sie nicht. Aber irgendwer anders. Der Jan Meertens, der war das vielleicht. Der wohnt auch in Hinte.«

»Sie wussten also, wie die momentane Lebenssituation von Feiko Tamma war.«

»Jo, und? Ich ziehe nicht als Rächer rum und steche Leute ab oder erschieße sie. Was weiß ich, wie man ihn umgebracht hat. Aber es muss ja unschön gewesen sein, wenn Sie jetzt die ganzen alten Fälle aufrollen.«

»Es kann gut sein, dass es eine Verbindung zu seiner Vergangenheit gibt«, stimmte ihm Evert zu. »Aber Sie behaupten, dass Sie keinen Groll mehr gegen ihn hegen?«

»Nee, ich sage, ich habe ihn nicht abgestochen. Sauer bin ich noch immer auf ihn, aber viel eher auf die Okka, dass die kleine Ratte mich damals nicht nur verpfiffen hat, sondern gleich auch noch ausnehmen wollte. Das ist doch das Allerletzte, mit dem moralisch erhobenen Zeigefinger auf mich zeigen, aber selbst mitverdienen wollen. Ich habe nur hier und da den Staat betrogen und manchmal einen Großkunden, der nicht hingeschaut hat. Wer nicht rechnen kann, wird eben bestraft. Aber die Okka? Die wollte mich erpressen. Das nenne ich niederträchtig.« Er atmete einmal tief ein und aus und zuckte dann mit den Schultern.

»Na ja, ist lange her, ist alles nicht mehr wichtig.«

»Verstehe«, sagte Evert und reichte ihm seine Karte. »Melden Sie sich bei uns, wenn Ihnen noch was einfällt, das Sie für fallrelevant halten. Wir hätten auch gerne eine Telefonnummer von Ihnen, um Sie für etwaige Rückfragen zeitnah zu erreichen.«

»Muss das sein?«

»Sonst müssen wir Sie im schlimmsten Fall zum Gespräch nach Aurich vorladen. Das ist eine Verschwendung unserer, aber auch Ihrer Zeit«, meinte Wiebke.

»Na dann«, murmelte Andreas Paaterke und diktierte ihnen seine Handynummer, nachdem er das Gerät von seinem Schreibtisch geholt hatte.

»War's das?«

»Das war es«, stimmte Evert zu.

»Gut, Sie finden ja selbst das Loch, das der Maurer gelassen hat«, sagte Andreas Paaterke und sah auf seine Armbanduhr. »Ich habe noch zu tun.«

»Auch Ihnen einen guten Tag«, erwiderte Evert ruhig und ging gefolgt von Wiebke und Fiete hinaus zum Dienstauto.

»Was fällt dem ein?«, meinte Wiebke draußen.

»Schlecht gelaunt ist er, aber das ist nicht strafbar.«

»Nee, aber verdächtig.«

»Das reicht nicht, um verdächtig zu sein. Er schien aber genau zu wissen, was Feiko Tamma so treibt. Natürlich kann er das wirklich so über Dritte erfahren haben oder selbst in Erfahrung gebracht haben, aber er könnte es auch selbst recherchiert haben, weil er noch wütend ist …« Evert zuckte mit den Schultern. »Das ist dann die Frage«, fügte er hinzu.

»Ja«, meinte Wiebke.

Evert hatte den schwarzen Labrador Retriever sich noch einmal an einen Busch, der den Parkplatz begrenzte, erleichtern lassen. Nun sprang Fiete zurück in die Box im Kofferraum des Autos. Nachdem Evert die Kofferraumklappe geschlossen hatte, setzte er sich auf den Beifahrersitz, und Wiebke schaltete den Wagen an.

»Das andere Verbrechen, für das die Gefängnisstrafe einzubüßen war, war eine Automatensprengung in Greetsiel«, sagte Wiebke, während sie vom Parkplatz fuhr.

»Sein Komplize war Manno Kraak. Hast du ihn ausfindig machen können?«

»Ja, er arbeitet offenbar in einer Autowerkstatt in Loppersum. Ich will dort noch vorbeifahren, laut ihrer Internetpräsenz haben sie bis achtzehn Uhr auf. Das schaffen wir also gerade so noch.«

Sie fuhren von Harseweg nicht weit bis zum kleinen Ort Loppersum. Von der B210 nach Aurich bogen sie in die Loppersumer Straße. Hier in einem großen, mehrfach umgebauten Haus mit anschließender Werkhalle war die Autowerkstatt von Jan Hibben.

Das Haus neben der Halle aus Metall und Kunststoff war eindeutig älter und wirkte eher wie ein ehemaliges Scheunenhaus. Am Gebäude selbst stand nichts von einer Autowerkstatt, das Schild war am Neubau angebracht. Dafür war in dem Balken über dem Eingang des Altbaus der Spruch »Doo dien Best, Gott deit de Rest« und eine verwitterte Jahreszahl geschrieben.

Wiebke parkte neben dem Gebäude. Auf einem Schild bei der ehemaligen Haustür stand: Anmeldung.

Nachdem Evert Fiete aus dem Kofferraum gelassen hatte, gingen sie zu der Tür. Aus der Halle waren Geräusche zu hören, jemand fluchte.

Als sie durch die Tür in eine kleine Diele eintraten, saß dort an einem Schreibtisch eine ältere Frau mit hochgesteckten grauen Haaren. »Moin«, sagte sie und sah auf ihre Armbanduhr. »Was auch immer es ist, es wird heute sicher nicht mehr fertig, wenn Sie es jetzt abgeben. Aber morgen, wenn's dringend ist.«

»Wir sind nicht hier für eine Autoreparatur«, sagte Evert. »Die Kriminalkommissare Evert Brookmer und Wiebke Jacobs von der Polizei Aurich. Wir würden gerne mit Manno Kraak sprechen. Laut Ihrer Internetseite arbeitet er hier.«

»Der Manno ist noch da. Wieso, was wollen Sie denn?«

»Ein paar Erkundigungen einholen«, sagte Evert. Er wollte nicht, dass Gerüchte bei Herrn Kraaks Arbeitgeber die Runde machten und Verdächtigungen begannen, deswegen drückte er sich vage aus. Das hier war immerhin ein kleiner Ort, und wer wusste schon, wie schnell der falsche Eindruck entstehen konnte, nur weil die Kriminalpolizei eine Frage hatte. Ob Manno Kraak wirklich in irgendeiner Form verdächtig war, wussten sie schließlich noch nicht.

»Ich sag dem Manno Bescheid. Wollen Sie draußen warten? Der Hund sollte nicht in die Werkstatt, und Manno müsste eh gleich fertig sein mit seiner Schicht.«

»Vielen Dank.«

Sie gingen wieder hinaus. Fiete sah sich neugierig um. In einem der Bäume hing ein kleines Kunststoffhäuschen für

Vogelfutter, in dem mehrere Meisen saßen und lautstark schimpfend zu dem Labrador Retriever sahen. Fiete legte den Kopf schief und beobachtete, wie die kleinen Vögel abwechselnd schimpften, dann aber wieder zum Futterhaus flogen und aßen. Anschließend nahmen sie erneut eine Position näher an dem Hund ein und machten misstönende Geräusche.

Dann schließlich kam ein kräftiger Mann Anfang vierzig zu ihnen heraus. Er trug eine blaue Latzhose und ein dreckiges weißes T-Shirt, auf dem Schweiß- und Ölflecken zu sehen waren.

»Moin«, sagte er. »Die Ulla sagte mir, Sie wollen mich sprechen?«

»Das ist richtig. Mein Name ist Evert Brookmer und das ist meine Kollegin Wiebke Jacobs von der Kripo Aurich. Sie sind Manno Kraak, nehme ich an?«

»So sieht es aus. Was gibt's? Ich war's nicht, egal was. Sowas mache ich nicht mehr.«

»Was machen Sie nicht mehr?«, fragte Wiebke.

»Dinge, bei denen die Bullen bei mir auftauchen. Hatte genug davon. Zahlt sich nicht halb so aus, wie man denkt.«

»Das freut uns zu hören. Trotzdem hätten wir ein paar Fragen zu einem alten Komplizen von Ihnen.«

»Ein bisschen spezifischer sollten Sie schon sein, sonst sitzen wir morgen noch hier, und ich will zum Fußballtraining. Die Altherrenmannschaft ist zwar nicht so wählerisch, wen sie aufnimmt, aber fängt trotzdem pünktlich mit dem Training an.«

»Wir beeilen uns, so gut es geht. Sie erinnern sich sicher noch an Feiko Tamma, richtig?«

Manno Kraak fuhr sich mit der Hand über den Kopf und schien sein spärliches Haar damit zu richten. Evert bemerkte, dass Herr Kraak das Haar länger trug, um es über die kahle Stelle in der Mitte seines Kopfes verteilen zu können. Durch die Geste mit seiner offenbar etwas verschwitzten Hand hatte er aber die kahle Stelle deutlicher sichtbar gemacht, anstatt sie mehr zu verbergen.

»Ach scheiße, der. Was, behauptet er, habe ich getan?«

»Gar nichts. Herr Tamma ist tot. Es tut uns leid, Ihnen das mitteilen zu müssen, aber wir ermitteln in seinem Mordfall.«

»Tot also«, sagte Manno Kraak und verschränkte die kräftigen Oberarme vor der Brust.

»So ist es. Hatten Sie noch Kontakt zu Herrn Tamma?«

»Nein, Feiko und ich haben uns das letzte Mal vor fünf, nee sechs Jahren gesehen. Damals hatten wir unseren letzten Verfahrenstag. Wir kamen in unterschiedliche Gefängnisse, wegen der Belegungssituation. Außerdem wollte man uns, glaube ich, auch lieber trennen. Ist wie in der Schule. Wenn man Quatsch macht, soll man nicht mehr beisammensitzen.«

»Das ist ein interessanter Vergleich«, bemerkte Wiebke.

»Ich sehe da wenig Unterschiede«, gab Manno Kraak zurück.

»Sie hatten also seitdem keinen Kontakt?«

»Nein, wieso hätte ich mich mit dem Kerl nochmal abgeben sollen?«

»Waren Sie wütend auf ihn?«

»Sicher, haben Sie die Akte nicht richtig gelesen? Heute darf offenbar jeder bei der Polizei anfangen. Ich hab vier Jahre bekommen, er ist nach sechs rausgekommen. Aber er hat ja noch anderen Dreck am Stecken gehabt. Für die Automatensprengung hat er, denke ich, weniger bekommen, weil er gesungen hat!«

»Sie denken, er hat Sie verraten?«

»Als ich rauskam, waren alle Jungs von damals im Knast. Wir waren vier Freunde, alle im selben Motorradclub in Bremen. Einer von uns hat regelmäßig mit Kleinkaliberwaffen gehandelt, die niemand vermisste, wenn jemand sich mal sicherer fühlen wollte, wissen Sie? Der wurde hochgenommen, als Feiko in den Knast kam. Ein anderer Freund von uns hat fast zehn Jahre, ja, zehn Jahre hat er gedealt. Ist am gleichen Tag hochgenommen worden. Ich denke, Feiko hat gesungen, um seine Strafe zu verkürzen. Er hätte nämlich mehr Jahre für das Automatensprengen bekommen müssen, weil er der Kopf war.«

»Sie haben ihm lediglich bei der Straftat geholfen?«

»Ja, und wenn ich gewusst hätte, dass er so wenig Ahnung hat von dem, was er tut, hätte ich mich nie auf den Mist eingelassen! Er hat mir das gezeigt. Man jagt Gas rein und das dehnt sich aus.

Bumm! Und jede Schutzverkleidung ist weggesprengt!« Während er dies sagte, klatschte er in die Hände.

»Doch die Explosion war weniger stark, als Sie hofften«, sagte Wiebke.

»Ja, wir brauchten zu lange, um den scheiß Automaten richtig aufzubekommen. Da war die Polizei schon unterwegs. Man hat ja ein bisschen Zeit hier draußen, bis sich einer aus Aurich herbequemt, aber ewig sollte man auch nicht warten.«

»Bei der Verfolgungsjagd danach entkamen Sie nicht.«

»Nein, Ihre Leute fahren besser, als man so denkt.«

»Das Kompliment gebe ich gerne weiter«, meinte Evert. »Aber wie kommen Sie darauf, dass Feiko Sie belastet hat? So etwas wäre nicht öffentlich geworden. Das ist nur Ihre Vermutung, oder?«

»Ja, aber zwei Freunde von uns sind am gleichen Tag hochgenommen worden, und Feiko hat sechs Jahre für Erpressung und Bankraub gekriegt? Das glaube ich nicht. Der hat gehandelt. Mir sind Delikte vorgeworfen worden, die ich vor Jahren begangen habe, angeblich weil mein Fahrzeug bei der Aufklärung geholfen hat, weil man nun endlich einen Täter zuordnen konnte. Ich habe keine Identifikationsnummer mehr an meinem Motorrad gehabt, das war abgefeilt. Das war Blödsinn, die wussten einfach Dinge, weil Feiko sie dem Anwalt gesagt hat.«

»Haben Sie nochmal mit ihm Kontakt aufgenommen, seitdem er aus dem Gefängnis war?«

»Nein, und ich bin froh drum. Irgendwer hat sich also entschieden, ihn umzubringen. Gut so. Für mich ist das alles abgeschlossen. Ich habe nichts mehr mit früher zu tun.«

»Wussten Sie, dass er nicht weit von hier in Hinte gelebt hat?«

Manno Kraak zögerte kurz. »Bei seinem Bruder, nehme ich an.«

»Genau.«

»Nein, wusste ich nicht. Kleine Welt halt.«

»Ja, manchmal ist Ostfriesland ein Dorf, manchmal groß genug, um sich aus dem Weg zu gehen. Wo waren Sie gestern Abend ab acht Uhr bis heute Morgen um sieben?«

»Ich war zu Hause, so ab halb sieben. Habe mir ein Fußballspiel angesehen und bin heute Morgen um sechs Uhr hier gewesen. Ich mache im Moment ein paar Überstunden jenseits der Regeln, wenn Sie verstehen. Das kann mein Chef bestätigen, oder die Sekretärin, wenn Sie wollen. Die hat mich heute Morgen gesehen, weil Sie auch sehr früh da war.«

»Könnten Sie sich jemanden vorstellen, der Ihren ehemaligen Partner umbringen wollte?«

»Den? Der war so einer, der gerne provoziert. Da gab es sicher einige, die den tot sehen wollten.«

»Sie auch?«

»Würde mich ja nur wieder in den Knast bringen. Da geh ich nicht wieder hin.«

»Gut, das wäre erstmal alles von uns aus«, sagte Evert und reichte ihm seine Karte.

Sie verabschiedeten sich. Während Herr Kraak zu seinem Auto ging und wegfuhr, gingen die Ermittler noch einmal in den Vorraum der Werkstatt. Sie erkundigten sich bei der Sekretärin des Betriebs, ob sie wirklich am Morgen um sechs Uhr Herrn Kraak gesehen hatte. Sie bestätigte dies, nachdem sie ihr versichern konnten, dass sie sich keineswegs für die vermutlich arbeitsrechtlich nicht erlaubten Überstunden interessierten. Anschließend gingen Evert und Wiebke zurück zum Dienstwagen.

Nachdem der Hund in seiner Box war und sie im Auto saßen, meinte Wiebke: »Der wirkte nicht sonderlich mit Feiko Tamma im Reinen. Egal, was er sagt, scheint er sauer zu sein.«

»Ja, aber so eine Abmachung mit der Staatsanwaltschaft stand nicht in der Akte.«

»Wir müssen das nochmal überprüfen, aber am Ende ist es vielleicht nicht so wichtig, ob es die Abmachung wirklich gab.«

»Nicht?«

»Es reicht doch, dass Herr Kraak glaubt, es gab eine. Das reicht ja, wenn er deswegen seinen alten Partner umbringen wollte.«

»Er hat kein Alibi und arbeitet quasi um die Ecke. Aber auch Herr Paaterke wirkte nicht sonderlich zufrieden mit der Vergangenheit.«

»Nein.« Wiebke seufzte. »Wir haben eine wirklich große Zeitlücke. Wenn er irgendwann zwischen gestern um acht und heute Morgen um sieben umgebracht wurde, kann es mehr oder weniger jeder sein, der ihn getötet hat.«

»Möglicherweise verrät uns das Gutachten zum Brandhergang etwas. Wenn wir wüssten, wann das Feuer gelegt wurde …«

»Oder der Gerichtsmediziner hilft uns weiter. Ja, das kann auch sein. Aber bei einem so großen Zeitfenster sehe ich im Moment schwarz. Ich denke, wir sollten es für heute gut sein lassen. Wir sind sowieso schon in den Überstunden und morgen gibt es vielleicht neue Erkenntnisse, die uns weiterhelfen.«

Sie startete den Wagen.

»Morgen sieht es sicher anders aus«, stimmte ihr Evert zu.

Kapitel 5

Wiebke und Evert fuhren zurück nach Aurich. Dort verabschiedeten sie sich und Wiebke stieg in ihren Privatwagen, der im Innenhof der Polizeiwache geparkt war.

Sie nickte Evert zu, als sie vom Hof fuhr, während er mit Fiete im Schlepptau zu seinem silbernen Mountainbike ging. Er schloss es auf, setzte sich drauf und fuhr gefolgt von Fiete zur Ampel, um auf den Georgswall zu kommen. Von dort aus machte er noch einen Abstecher zu Oma Tieske. Er ließ das Fahrrad ausrollen und kam neben dem Kiosk zum Halten.

»Moin«, grüßte er sie.

Die alte Frau stand mit dem Rücken zur Theke und sah über die Schulter, während sie aufräumte.

»Moin, min Jung! Schön, dass du noch vorbeikommst. Willst du noch etwas Kaffee?«

»Einen Becher nehme ich noch«, meinte er.

»Hast du schon Feierabend?« Sie füllte ihm einen Becher ein und stellte ihn auf die Theke.

Evert bezahlte und nahm dann einen Schluck, bevor er antwortete. »Ja, für heute ist die Arbeit vorbei. Aber gelöst ist der Fall noch nicht.«

»Das wäre ja auch sehr schnell.«

»Manchmal wäre es schön, wenn die Dinge einfacher wären. Es sieht nach einem sehr komplizierten Fall aus.«

»So ist das eben manchmal. Aber du bist ein rieter Kerl, du schaffst das schon mit Wiebke.«

»Ja, Fleiß ist meistens der Hauptteil dieser Arbeit. Man muss alles sortieren und lange genug schauen, wie die Teile zusammenpassen. Dann findet man am Ende eine Lösung.«

»Ist doch immer so im Leben«, meinte Oma Tieske. »Du musst sehen, wie die Teile zusammenpassen, die du hast. Am Ende entscheidest du nämlich nicht, was du für Teile bekommst, nur wie du sie anordnest.«

Evert lächelte und trank einen Schluck vom Kaffee. »Wohl wahr.«

»Im Radio hieß es übrigens, dass in Hinte ein Toter beim Scheunenbrand gefunden wurde. Dann ist das jetzt offiziell, oder? Dann kannst du auch drüber reden.«

»Wenn die Pressestelle das rausgegeben hat, ja: Das ist unser Fall. Aber mehr kann ich dir nicht sagen.«

»Ich will ja auch kein Honorar als Berater, nur so erfahren, was sich so tut. Ist das wirklich der Junge von den Tammas?«

Evert runzelte die Stirn. »Wie kommst du auf den Namen?«

»Hieß es im Radio.«

»Hieß es sicher nicht, denn so eine Information würde presseethisch nur erwähnt, wenn sie Fallrelevanz hat.«

»Es ist doch fallrelevant, wenn man weiß, wer das ist.«

»Aber nicht relevant für die Öffentlichkeit.«

»Also gut, die Heike kommt hier abends immer vorbei, wenn sie bei ihrem Rentnersport war, und die sagte, die Undine hat mitbekommen, wie beim Hof von den Tammas erst die Feuerwehr anrückte und dann die Polizei. Also habe ich nun mal eins und eins zusammengezählt. Habe ich recht mit dem Ergebnis?«

Evert antwortete nicht, sondern trank noch einen Schluck aus seinem Kaffeebecher.

»Ich nehme das mal als ja. Welcher Tamma-Junge ist es denn? Feiko oder Tilo?«

»Dazu kann ich keine Aussage machen.«

»Das klingt doch sehr nach Politikern. Ich denke mal, es ist Feiko, oder?«

»Wieso?«

»Weil der immer irgendwie ein Undöög war, schon damals, als er noch regelmäßig in Aurich war.«

»Du kanntest ihn?«

»Ist er es denn?«

»Das habe ich nicht gesagt.«

»Na, einer von uns muss ja klar sprechen. Ja, ich kannte Feiko. Dummer Junge, hätte was draus werden können. Aber soweit ich weiß, hat er nie die Kurve gekriegt.«

»Wann hast du ihn das letzte Mal gesehen?«

»Oh, das ist lange her. Zwanzig Jahre vielleicht?« Sie sah einen Moment an Evert vorbei und dachte nach.

Fiete, der den Blick als Aufforderung empfand, kam zu ihr und stellte sich mit den Vorderbeinen gegen die Kioskwand, damit sie ihm den Kopf kraulen konnte. Während Oma Tieske nachdenklich den Hund streichelte, sagte sie: »Nein, das war so vor achtzehn Jahren. Damals war er schon einer, der immer mit einem Bein im Knast steckte. Aber er war oft in Aurich, wegen dieses jungen Mädchens. Fenna Weelborg. Sie war so verliebt in ihn. Das macht junge Mädchen manchmal richtig dösig im Kopf. Sie hat einfach nicht gesehen, was er für ein Kerl war. Na ja, Kerl … er war ja auch jungachtig. Vermutlich waren die beide dösig im Kopf vor Liebe. Fennas Eltern waren gegen die Beziehung zu so einem Undöög. Aber sie wollte nicht hören. Die beiden haben sogar das Boot der Familie gestohlen und sind damit nach Holland geflohen. Aber weit kamen sie nicht, Feiko hatte wenig Ahnung vom Bootfahren auf hoher See.« Sie schüttelte den Kopf. »Na ja, Fenna ist irgendwann drüber weggekommen. Er hat sie dann fallen gelassen wie eine heiße Kartoffel. Sie war sehr verbittert darüber. Ich habe sie einige Zeit nicht gesehen, ich weiß gar nicht, was sie heute macht.«

»Feiko Tamma hat auch ein ziemlich langes Register an Straftaten gesammelt, gebrochene Herzen sind da nur das Mindeste«, meinte Evert.

»Dabei wirkte er so klug, wenn man mit ihm redete. Außerdem sah er schon moi aus, als er so ein junger Kerl war. Mit so einem kräftigen Kinn, wie ein Held in einem Westernfilm. Fenna hat sich davon blenden lassen. Das war eine traurige Geschichte, weil es jeder kommen sah. Nur sie nicht.«

»So ist das manchmal.«

»Ja. Sag mal, wo wir von Frauen reden: Willst du diese langen Haare nicht mal etwas kürzen? Du wärst dann mit dem Bart deutlich besser als Mann zu erkennen und würdest den Fraulüü sicher besser gefallen.«

»Mir gefällt es so.«

»Aber man sieht sich doch nicht selbst. Andere sehen dich schon, da solltest du mal dran denken.«

»Werd ich«, sagte Evert und lachte. Dann trank er den letzten Schluck aus dem Kaffeebecher und reichte ihn Oma Tieske zurück. »Aber jetzt fahre ich mit Fiete noch eine Runde, damit er genug Auslauf bekommt. Bis morgen vielleicht, Oma Tieske.«

»Bis morgen, min Jung. Bit denn!«

*

Wiebkes Wecker klingelte früh an diesem Morgen. Sie hatte ihn sich extra so gestellt.

Nachdem sie aufgestanden war und sich eine alte Latzhose sowie eine fleckige Bluse angezogen hatte, ging sie mit einem dampfenden Becher Tee in den Keller ihres Hauses in Rysum.

Dieses kleine alte Haus, das nahe dem Dorfkern des Warftdorfes lag, hatte sie von ihren Großeltern geerbt. Wie die meisten Häuser in Ostfriesland hatte es nur einen kleinen Keller, denn bei einem so hohen Grundwasserspiegel war es meist keine gute Idee, zu tief zu bauen. Neuere Häuser besaßen zwar oft eine volle Unterkellerung, doch das führte nach Wiebkes Erfahrungen nur dazu, dass die Bewohner öfter mal Wasser im Keller stehen hatten.

Ihr Haus hatte nur einen größeren Kriechkeller sowie einen kleineren vollwertig unterkellerten Bereich, wobei dieser auch nur sehr niedrig ausgehoben war, sodass man aufpassen musste, sich an direkt unter der Decke verlaufenden Rohren nicht den Kopf zu stoßen.

Wiebke hatte gestern extra noch auf dem Rückweg einen Halt im Baumarkt gemacht. Dort hatte sie sich eine Holzlasur besorgt. Die Dose öffnete sie nun und tauchte einen Pinsel hinein, mit dem sie anfing, die oberste Treppenstufe zu streichen.

Ihr war vor einiger Zeit aufgefallen, dass sich Holzspäne auf ihrer Treppe gesammelt hatten. Offenbar rieselten die aus einer höheren Treppenstufe, und schlussendlich hatte sie auch bemerkt, dass sich im Winter kleine Löcher zeigten. Sie nahm an, dass sie einen Holzwurmbefall hatte, und wollte sich um das

Ganze so schnell wie möglich kümmern. Immerhin war in dem Haus einiges an tragenden Elementen aus Holz, von dem Parkettboden und ihren Möbeln ganz zu schweigen.

Sie renovierte schon seit Jahren an dem Haus herum, denn seit sie es übernommen hatte, war eine Baustelle der nächsten gewichen. Ihre Großeltern hatten vieles nicht mehr gemacht, weil sie geglaubt hatten, dass es sich nicht mehr rentieren würde. Ihr Großvater hatte sich vermutlich gedacht, dass es sich nicht lohnte, noch eine große Anstrengung zu unternehmen und das Haus für die nächsten Jahrzehnte flott zu machen, wenn man selbst vermutlich diese Zeit nicht mehr erleben würde. Wiebke machte ihm keinen Vorwurf. Sie liebte dieses Haus und erinnerte sich gerne an die Zeit, die sie früher hier verbracht hatte.

Ihr war klar, dass sie vermutlich von vorne würde anfangen müssen, wenn sie irgendwann einmal damit fertig war, all die Dinge zu renovieren, die anstanden. Doch für sie gehörte das ein wenig zu dem, was ihr daran Freude machte: Es war ein kleines Stück, das ihr gehörte und für das sie verantwortlich war.

Während sie die Treppe einpinselte, ging sie das durch, was sie bisher zum Mordfall Feiko Tamma wussten.

Sie sortierte ihre Gedanken während der einfachen mechanischen Arbeit, und das war etwas, was sie sehr am Renovieren mochte. Sie war froh, dieses Haus zu besitzen.

In diesem Moment kam ihr eine Idee. Was, dachte sie, wenn es wirklich ganz einfach war? Wenn es sich beim Täter nicht um irgendjemand von außerhalb handelte, der eine alte Rechnung mit Herrn Tamma hatte begleichen wollen, sondern es sich doch bei seinem Bruder um den Täter handelte? Wenn es keine besonderen Regelungen im Testament gab, dann mussten sie den elterlichen Hof gemeinsam geerbt haben.

Doch wenn das der Fall war, hätte dann nicht Tilo Tamma seinen Bruder auszahlen müssen? Oder hätte Feiko Tamma nicht Mitspracherechte gehabt bei der Verpachtung von Flächen für Windkraftanlagen? Was, wenn es im Kern darum ging? Immerhin war Feiko Tamma mit einer Forke erstochen worden. Das war eine ungewöhnliche Mordwaffe. Sicher, die konnte auch einfach zufällig in der Scheune rumgestanden haben, doch dann war die Frage: Wieso war Feiko Tamma zu dem Zeitpunkt da gewesen und wie hätte sein Mörder das abpassen sollen? Wenn jemand wie Herr Kraak oder Herr Paaterke zu ihm gekommen wäre, um Feiko Tamma zu töten, hätten sie doch eine Mordwaffe mitgenommen. Sie wären nicht spontan in eine Scheune gestürmt, hätten sich eine Mistgabel genommen und dann einen Mord begangen. Es musste doch Planung im Spiel gewesen sein, denn wie sonst hätten sie anschließend ein Feuer legen können? Wenn wirklich Benzin als Brandbeschleuniger benutzt worden war, musste das mitgebracht worden sein.

Wiebke schüttelte langsam den Kopf. Das passte alles nicht. Tilo Tamma war wirklich jemand, auf den alles zutreffen konnte. Er hätte im Affekt seinen Bruder töten können und er hätte sicher auch gewusst, wo auf dem Hof möglicherweise noch ein Kanister Benzin herumstand.

Doch wie bewies man ihm das?, überlegte Wiebke.

Sie sah die Treppe an und war zufrieden. Jetzt musste sie aber zur Arbeit. Sie öffnete die kleine schmale Holztür nach draußen zu der Treppe, die in den Garten führte, um nach oben und wieder ins Haus zu gelangen.

Kapitel 6

»Moin«, grüßte Evert seine Kollegin, als sie in das Großraumbüro der Polizei Aurich kam.

Vor ihm stand ein Thermobecher mit Kaffee, dessen Deckel er jetzt öffnete, um einen Schluck zu nehmen.

»Moin«, gab Wiebke zurück. »Ist Klaas noch nicht da?«

»Doch, der hat angerufen: Er ist direkt nach Hinte gefahren, um sich die Scheune weiter anzusehen. Die Feuerwehr hat das alles freigegeben, und er hofft, noch Spuren finden zu können.«

»Gut. Gibt es was Neues von der Gerichtsmedizin?«

»Da wollte ich jetzt mal anrufen und fragen, wie weit sie sind. Aber wir wissen aus dem Labor, dass als Brandbeschleuniger definitiv Benzin benutzt wurde. Schönes Autobenzin.«

»Das heißt, man könnte versuchen herauszufinden, wo es gekauft wurde.«

»An einer Tankstelle«, gab Evert zurück. »Deine Idee hatte Klaas auch schon. Aber das Problem ist, dass wir nicht wissen, nach wem wir suchen. Also müsste er jede Tankstelle in Ostfriesland abklappern und schauen, wer alles in den letzten Tagen einen Benzinkanister gekauft hat.«

»Dann könnten wir zumindest schauen, ob einer der Käufer bisher im Zusammenhang mit dem Fall aufgetaucht ist.«

»Und wir würden den Fall noch in diesem Jahrzehnt lösen.«

Wiebke lächelte, als sie sich an ihren Dienstrechner setzte. »Ja, wenn wir uns ranhalten. Ich habe heute Morgen nochmal überlegt: Ich denke, der Bruder ist schon am verdächtigsten. Wenn er und Feiko Tamma den Hof zusammen geerbt haben, dann ging es bei dem Streit um die Verpachtung für Windenergie vielleicht um viel Geld. Ich will mal nachsehen, wer da im Grundbuch wirklich drinsteht und wie die Erbverhältnisse sind.«

»Gute Idee, das wäre ein deutliches Motiv, und immerhin war Tilo Tamma auch auf dem Hof und konnte sich im Affekt eine Mistgabel schnappen, um seinen Bruder zu erstechen.«

»Benzin könnte es auf dem Hof auch geben, sei es für einen Traktor oder irgendeine Landmaschine oder einen Generator.«

Da Evert konzentriert auf seinen Bildschirm sah und nichts mehr sagte, fragte Wiebke schließlich: »Was verfolgst du für eine Spur?«

»Altje Tamma erwähnte doch, dass ihr Schwager möglicherweise eine alte Verflossene kontaktieren wollte.«

»Ja, hat sie den Namen noch rausbekommen?«

»Nein, ich habe sie nochmal angerufen. Ihr Mann wusste nur noch den Vornamen: Fenna. Er wollte sie kontaktieren. Ob er es getan hat, wusste Tilo Tamma nicht. Aber ich weiß zumindest, wer das ist.«

»Ach? Die Fenna aus Aurich, nicht die aus Norden?«, fragte Wiebke und grinste.

»Spotte nur, ich weiß, es gibt hier ein paar mehr Fennas. Aber es handelt sich um Fenna Weelborg. Vor achtzehn Jahren war sie mit Feiko zusammen und wohl erst siebzehn, Feiko achtzehn. Die beiden waren verliebt und die Eltern dagegen. Also haben sie das Boot der Eltern geklaut und sind nach Holland geflohen.«

»Ernsthaft?«

»Oh ja, ich habe von einem Kollegen eine Mail bekommen. Es sind zwar nicht alle frühen Akten von Feiko einsehbar, aber der Kollege erinnert sich noch: Die Niederländer haben sie dann einkassiert und nach Hause gebracht. Es gibt sogar im Auricher Boten einen Artikel dazu, im Online-Archiv mit digitalisierten Altbeständen.«

»Weißt du, wo sie wohnt?«

»Das muss ich noch klären.«

»Gut, es ist zumindest einen Versuch wert, mit ihr zu reden. Vielleicht hat Feiko Kontakt zu ihr aufgenommen. Bisher konnte uns ja niemand so richtig sagen, was ihn beschäftigte.«

Sie arbeiteten beide schweigend weiter, als Everts Telefon klingelte. Er nahm den Anruf entgegen.

»Kripo Aurich, Sie sprechen mit Evert Brookmer.«

»Guten Tag, Herr Brookmer, hier ist Dr. Elias von der Gerichtsmedizin Oldenburg.«

»Ich wollte Sie sowieso gleich anrufen, einen Moment, ich stelle Sie auf laut, damit meine Kollegin mithören kann.«

»Dann stellen Sie mich mal sozusagen auf laut«, sagte Dr. Elias, während Evert seinen Hörer zur Seite legte und die entsprechende Taste am Telefon drückte.

»Moin, Dr. Elias«, sagte Wiebke, die die letzten Worte des Gerichtsmediziners mitgehört hatte.

»Ihnen auch einen guten Tag, Frau Jacobs. Kann ich dann sozusagen anfangen oder sind noch weitere Begrüßungsformalitäten zu erledigen?«

»Nein, bitte, wir sind sehr gespannt.«

»Was auch nur angemessen ist. Beim Toten handelt es sich definitiv um Feiko Tamma.«

»Wie konnten Sie das bestätigen?«

»Nach Ihrer Bemerkung zu seinen Kronen habe ich nach Rücksprache mit dem Bruder des Verstorbenen dessen Zahnarzt kontaktiert und die Zahnunterlagen abgeglichen. Sie passen und identifizieren ihn deutlich. Sollten weitere Zweifel bestehen, ist es uns auch gelungen, beim Herausschneiden des Toten aus seiner geschmolzenen Kleidung zumindest Teile seines Portemonnaies zu retten. Zwar ist sein Personalausweis zerstört, doch seine Bankkarte mit Namen ist erhalten.«

»Herausschneiden?«, meinte Wiebke.

»Ja, ein Teil der Kleidung hatte einen hohen Synthetikanteil, Kunststoff, in der einen oder anderen Form, schmilzt nun mal bei hohen Temperaturen und verbrennt nicht wie Naturfasern.«

»Verstehe. Können Sie uns noch etwas zum Tod von Feiko Tamma sagen?«, fragte Wiebke.

»Also, der Tote wurde mit der Forke erstochen. Sie perforierte an drei Stellen seine Brust, zwei der Spitzen verletzten seine Lunge und sorgten dafür, dass sie sich nicht mehr entfalten konnte, während die dritte Spitze sein Herz traf. Der Blutverlust dürfte erheblich gewesen sein, da die Spitze ihn so traf, dass das Herz sich gewissermaßen selbst leerpumpte.«

»Können Sie eine Aussage zur Größe des Angreifers machen?«

»Leider ebenso durchschnittlich wie das Opfer. Wir können davon ausgehen, dass der Täter stand und ausholte, bevor er zustach. Das Opfer scheint sich, so wäre meine Hypothese, sozusagen umgedreht zu haben und dann getroffen worden zu sein.«

»Feiko Tamma wurde also vermutlich überrascht.«

»Ja, und er versuchte auch auszuweichen. Die Wundränder sprechen zumindest für den Versuch. Aber die Forke saß zu tief, also ging das Opfer auf die Knie und wurde dann nach hinten auf den Boden gedrückt, was die Metallspitzen weiter in die Brust trieb.«

»War der Fundort auch der Tatort?«, fragte Wiebke.

»Nach einer Analyse der Blutflecken unter der Leiche und dem Fleckenverlauf in der Kleidung ist sozusagen davon auszugehen. Eine gewisse Unsicherheit bleibt wegen der Feuerschäden, dennoch würde ich sagen, dass Feiko Tamma an jener Stelle getötet wurde, wo man ihn auch vorfand.«

»Dann wurde er angezündet?«

»Auf ihm befindet sich ebenso Brandbeschleuniger wie in seiner direkten Umgebung. Mithilfe der Proben, die Herr Behrends gesammelt hat, und der Fotos kann ich die Annahmen des Labors bestätigen: Offenbar wurde der Brandbeschleuniger großzügig auf dem Toten und seiner Umgebung verteilt und dann von der Hintertür aus gezündet. Dabei spricht das Labor von gut einem Kanister Benzin, der Verwendung fand. Das kann ich zwar nicht bestätigen, aber die uneinheitliche Schwere der Verbrennung am Toten passt zur Einschätzung des kriminaltechnischen Labors. Jemand hat uneinheitlich den Brandbeschleuniger auf das Opfer und die Umgebung gekippt.«

»Gibt es noch verwertbare Spuren am Toten, die uns bei der Identifizierung des Täters helfen könnten?«, fragte Evert.

»Da muss ich sozusagen passen. Obwohl der Tote nur unregelmäßig gebrannt hat, sind die Flammen doch äußerst effektiv gewesen bei der Vernichtung jedweder Spuren.«

»Haben Sie vielen Dank. Immerhin ist damit der Tote nun abschließend identifiziert. Gibt es eine Möglichkeit, Aussagen über den Täter zu machen, anhand dessen, wie mit der Forke zugestoßen wurde?«

»Nein, Herr Dr. Brookmer. Ein durchschnittlich großer Mensch kann einen anderen mit einer Forke so erstechen. Fehlende

Muskulatur kann durch entsprechend hohe emotional bedingte Motivation weggemacht werden. Ihr Täter oder ihre Täterin war also sozusagen entweder kräftig oder wütend, möglicherweise auch beides.«

»Gut, danke für die Informationen.«

»Ich werde eine verschriftlichte Form meines nun nur vorgetragenen Berichts bis heute Abend fertig haben und Ihnen dann elektronisch zukommen lassen. Sollten sich bis dahin weitere überraschende Ergebnisse sozusagen anfügen, teile ich Ihnen dies natürlich umgehend per Anruf mit.«

Evert bedankte sich, und nachdem sie sich verabschiedet hatten, legte er auf.

»Ich habe übrigens herausgefunden, wo Feiko Tammas alte Freundin heute lebt. Fenna Weelborg heißt heute Heyenga.«

»Du denkst, dass er mit ihr Kontakt aufgenommen hat?«

»Wenn nicht, schadet es nicht, bei ihr nachzufragen. Doch wenn er mit ihr in Verbindung stand, erfahren wir vielleicht ein wenig mehr über das, was ihn beschäftigte. Seine alten Verbrecherfreunde scheinen alle nicht gut auf ihn zu sprechen zu sein, doch ist das nicht strafbar. Sie weiß aber vielleicht, wieso jemand besonders sauer auf ihn war.«

»Wo wohnt sie?«

»In Wiesens.«

»Gut, das ist nicht weit. Hast du eine Nummer von ihr gefunden, unter der wir uns erkundigen können, wo sie sich gerade aufhält?«

»Das nicht, aber ich weiß, wo sie arbeitet. Laut der Mitarbeiterseite eines Elektrofachhandels in Wiesens ist sie dort Verkäuferin. Da es nur zwei Verkäufer gibt, nehme ich an, wir finden sie im Moment dort.«

»Also gut, fahren wir hin.«

Sie schalteten ihre Dienstrechner aus und gingen zum Auto.

*

Klaas Behrends stieg aus seinem Polizeiwagen und richtete seine Dienstmütze. Er trug seine übliche Uniform der

Schutzpolizei, und durch die Mütze wurde er noch ein Stückchen größer. Sie komplettierte ihn, wie er fand. Er wusste, dass manche Leute sich zu Uniformen hingezogen fühlten, weil die Leute einen dann anders behandelten. Für ihn war es eher umgekehrt gewesen: Die Uniform zu tragen verlangte von ihm eine gewisse Haltung. Man konnte sich in der Uniform nicht klein machen oder wegducken. Man musste der Uniform gerecht werden, und das veränderte die Art, wie man auftrat. Er hatte es immer gemocht, wofür sie stand.

Klaas schloss das Auto ab und ging auf das rot verklinkerte Gebäude an der Straße am Delft zu. Hier, nicht allzu weit von der Fußgängerzone entfernt mit Blick auf den Ratsdelft, lag die Zentrale des Kurierdienstes De Bood.

Ratsdelft war eigentlich nur eine schönere Bezeichnung für den Graben vor dem Rathaus. Heutzutage handelte es sich um den alten Hafen Emdens, in dem noch immer ein paar historische Schiffe lagen, während der eigentliche Handel viel weiter draußen stattfand.

Klaas schritt durch die Tür unter dem großen hellen Schild, das in heller Farbe verkündete: »De Bood Kurierdienst. Wir bringen es.«

Er trat in eine Art Großraumbüro. Im Erdgeschoss waren die meisten Zwischenwände entfernt worden, sodass nur wenige tragende Elemente übrig blieben. Es standen fünf Schreibtische im Raum verteilt. Einer der Schreibtische stand nahe beim Eingang. Eine Frau mit langen dunklen Haaren sah von ihrem Computer auf, als sie das elektrische Klingeln hörte, das das Öffnen der Tür offenbar verursacht hatte.

»Moin«, sagte sie und runzelte plötzlich die Stirn.

Klaas wusste, dass dies durch die Uniform kam. Die Leute hatten im Alltag selten mit Polizisten zu tun und waren dann oft irritiert, wenn einer direkt auf sie zukam, schließlich hatten sie ja auch nichts getan. Klaas fand, man konnte dem nur mit Professionalität begegnen.

»Moin, Klaas Behrends, Kriminalpolizei Aurich«, stellte er sich vor. »Ich hätte ein paar Fragen bezüglich einer Mitarbeiterin. Es geht nur um das Verifizieren eines Zeitablaufs, reine Routinearbeit.«

»Ich bin die Luisa. Okay, welche Mitarbeiterin ist es denn?«

»Kathrin Peikenkamp«, sagte Klaas.

»Ah, die Kathrin. Okay, einen Moment. Hier«, sagte sie und winkte den Polizisten zu sich herum. Auf ihrem Bildschirm war eine Karte Ostfrieslands zu sehen und eine Reihe von roten Punkten, die von einer ebenso gefärbten Linie verbunden waren. »Das ist ihre Route heute. Wo soll sie denn wann gewesen sein?«

»Es geht um gestern«, sagte Klaas.

»Einen Moment.« Sie rief eine neue Route auf.

Klaas runzelte die Stirn. »Ist das richtig?«

»Ja. Diese Routenpunkte sind die Adressen für das, was sie abgeben soll, und der Computer berechnet die effektivste Route dazwischen, bringt sie in eine Reihenfolge, und man fährt dann nur noch ab. Das ist total einfach, jeder kann das. Muss auch jeder können, wir haben viele ungelernte Mitarbeiter.«

»Sie war um sieben Uhr in Hinte«, sagte Klaas.

»Nein, das kann nicht sein. Das wäre ein Umweg von mehr als einer halben Stunde. Sie hatte nur Aufträge erst in Richtung Leer und dann bis rüber nach Wiesmoor und an die Küste. Hinte ist die falsche Richtung.«

»Das sehe ich.«

Kapitel 7

Die beiden Ermittler brauchten nicht lange nach Wiesens. Das kleine Dorf im Osten Aurichs galt inzwischen als Stadtteil, auch wenn es seinen dörflichen Charakter behalten hatte.

Dort fuhren sie auf den Parkplatz vom Elektrofachgeschäft Pleise. Das Schild verriet, dass es sowohl Haushaltselektronik als auch einen hauseigenen Elektriker gab. Der Größe des Ladengeschäfts im Verhältnis zu den Räumlichkeiten daneben nach nahm Evert an, dass das eigentliche Geld von den Elektrikern der Firma gemacht wurde.

Er hatte Fiete an die Leine genommen, als er mit Wiebke zusammen den kleinen Laden betrat, der kaum größer war als das Großraumbüro der Kriminalpolizei. Der Raum wirkte allerdings sehr viel voller, denn neben einer schmalen Holztheke gab es Dutzende Regale, die an den Wänden und im Raum herumstanden und über und über mit Elektroartikeln gefüllt waren. Von der Decke hingen gleichzeitig Dutzende Lampen, die den Raum noch kleiner und enger erscheinen ließen.

»Kripo Aurich, Evert Brookmer und Wiebke Jacobs«, stellte Evert sich vor und zeigte seinen Dienstausweis. Er sah auf das Namensschild der Frau an der Theke. »Sie sind Frau Fenna Heyenga, geborene Weelborg, richtig?«

Fenna Heyenga hatte ähnlich kurzes Haar wie Wiebke, allerdings war ihres braun und nicht blond. Zudem erinnerte ihre Frisur ein wenig mehr an einen Igel, wobei sich Evert nicht sicher war, ob das betont lässig wirken sollte oder einfach nachlässig war. Frau Heyenga legte den Kopf schief, sodass die bronzen schimmernden Creolen in ihren Ohrlöchern sanft gegen ihren Hals klimperten.

»Ja, wieso?«, fragte sie irritiert.

»Wenn es für Sie in Ordnung ist, hätten wir ein paar Fragen zu Feiko Tamma.«

»Feiko? Das ist ja … Was ist mit ihm?«

»Frau Heyenga, es tut uns sehr leid, aber Feiko Tamma ist ermordet worden. Wir ermitteln in diesem Fall.«

»Er ist tot?«

»Ja.«
»Das ist furchtbar«, sagte sie und schien sich plötzlich an der Theke festzuhalten. »Das ist furchtbar«, murmelte sie erneut. »Wer macht denn so was?«
»Das werden wir herausbekommen. Wir wissen, dass Sie eine gemeinsame Geschichte teilen.«
»Ja, das ist noch untertrieben. Wir haben als Verbrecherpaar aber keine gute Karriere hingelegt. Manche Paare sind nicht dafür bestimmt, lange zusammen zu sein. Die sind kein lange ausdauernd glühendes Feuer, sondern nur dafür bestimmt, einmal heiß zu brennen, heißer als alles andere. Dann ist es vorbei und nur Asche bleibt.« Sie klang bitter.
»Hatten Sie noch Kontakt zu Feiko Tamma?«
»Nein, das wollte ich nie. Ich weiß, dass er vor einiger Zeit aus dem Knast gekommen ist. Irgendwer hat mir das erzählt. Ich weiß nicht mehr wer. Stimmt, das war, weil er jetzt bei Tilo auf dem Hof arbeitet. So war das.«
»Aber Sie haben keinen Kontakt aufgenommen?«
»Nein. Wieso sollte ich das? Er hat mein Leben ruiniert. Ich will und wollte nie wieder was mit ihm zu tun haben.«
»Moin«, sagte ein älterer Mann, der durch eine Tür hinter einem Regal eingetreten war. Evert war sich nicht ganz sicher, ob er dort erst einen Moment gestanden hatte. »Sie sind?«, fragte der Mann.
»Moin«, gab Evert zurück und stellte sich und Wiebke vor.
»Alko Weelborg, mein Name. Fenna, willst du mal im Lager nach der Lisa schauen? Die ist nicht in der Lage, die P21-Fassungen zu finden. Wir haben doch noch alte, aus Metall. Der Sören braucht die.«
»Gut, ich denke, das wäre dann auch alles, oder?«, fragte Fenna Heyenga. »Ich habe nicht mit ihm Kontakt gehabt, kann Ihnen also auch nicht helfen.«
»Und Sie wüssten niemanden, der ihn tot sehen wollte?«
»Ich hatte seit achtzehn Jahren keinen Kontakt mehr zu ihm! Er hat sich damals abgesetzt, als wir unser kleines Abenteuer hatten. Ich weiß es nicht. Tut mir leid.«
Sie ging, bevor Evert ihr seine Karte geben konnte.

Als sie außer Reichweite zu sein schien, meinte Alko Weelborg: »Sie sind wegen Feiko Tamma hier?«

»Ja. Sind Sie mit Frau Fenna Heyenga verwandt?«

»Will ich meinen, ich bin ihr Vater. Feiko ist also tot?«

»Ja. Hatten Sie die letzten Jahre mit ihm zu tun?«

»Nein, hatte ich nicht. Wenn ich eine Bitte äußern darf?«

»Bitten dürfen Sie alles«, sagte Wiebke. »Wir müssen sehen, ob es im Rahmen der Ermittlungen möglich ist, dem nachzukommen. Die Wahrheitsfindung geht vor.«

»Das verstehe ich und ich will Ihnen nicht reinreden. Aber bitte lassen Sie meine Tochter in Frieden. Es ist so lange her und Feiko ist eine offene Wunde. Er hat ihr Leben versaut. Ihre Ehe hat er auch ruiniert, und das, ohne anwesend zu sein. Die Trennung hat sie nie ganz verwunden, seinen Namen trägt sie immer noch.«

»Er hat ihre Ehe ruiniert?«, fragte Evert.

»Ja, ihr Ehemann, Jacob, war ein guter Kerl. Aber immer, wenn er was falsch gemacht hat, hat sie ihn mit Feiko verglichen. Einmal hat sie angetrunken sehr viel von früher erzählt, und auf Dauer hat das die Ehe, denke ich, zersetzt. Sie wollen sicher nicht dauernd nur der zweitbeste Mann in Ihrer Ehe sein, oder, vor allem, wenn der andere nicht anwesend ist, wenn der andere Kerl eine Fantasiegestalt ohne Fehler und nie vor Ort ist, während Sie da sind!«

»Das hat die Ehe sicher belastet.«

»Das ist alles altes Zeug, das nur schmerzt. Bitte rühren Sie da nicht drin rum. Sie hatte nichts mehr mit ihm zu tun, sie ist nicht dumm. So einen braucht sie nicht im Leben.«

»Verstehe. Wir hatten nur gehört, dass er vorhatte, Kontakt zu ihr aufzunehmen nach seiner Gefängnisentlassung. Es wäre also möglich gewesen, dass Sie etwas weiß, das uns weiterhelfen könnte.«

»Sie weiß nichts, und er hat auch keinen Kontakt aufgenommen.«

»Das sagt sie auch. Wenn das so ist, sind wir hier auch fertig.«

»Genau, sehe ich auch so.«

In diesem Moment kam ein junger, schlaksiger Mann von vielleicht achtzehn Jahren herein. Evert konnte nicht anders, als die Stirn zu runzeln. Der Mann sah Tilo und Feiko Tamma extrem ähnlich. Er hatte genauso markante Gesichtszüge und ein kräftiges Kinn.

»Opa, hat Lisa die Fassungen schon gefunden?«, fragte er.

»Nein, Sören, ich habe deine Ma ins Lager zu Lisa geschickt. Die findet die sicher.«

»Wollen wir es hoffen«, sagte der als Sören Angesprochene.

Nun wandte sich Alko Weelborg wieder an die Ermittler, während der andere Mann durch die gleiche Tür hinter den Regalen verschwand, durch die Frau Heyenga gegangen war.

»So, das war's, oder?«

»Verzeihung«, sagte Wiebke, »Sören, ist das der Sohn von Fenna Heyenga?«

»Das ist er.«

»Wer ist der Vater?«

»Ein Freund, auf den sich meine Tochter eingelassen hat, nachdem sie todtraurig war, dass sie ihr großartiger Feiko wie eine heiße Kartoffel hat fallen lassen. Die Klügste war sie nie bei so was, dafür ist Sören ein tüchtiger Junge.«

»Er stammt aber nicht von Feiko Tamma?«

Alko Weelborgs Mund wurde sehr schmal. »Nein. War's das?«

»Hatten Sie nochmal Kontakt zu Feiko Tamma in den letzten Jahren?«

»Kein einziges Mal. Ich habe noch zu arbeiten. Ich denke, das war es.«

»Vorerst«, sagte Evert.

Sie verabschiedeten sich und verließen den Laden.

Als sie den Hund in seine Box gelassen hatten und in der relativen Privatsphäre des Autos saßen, meinte Wiebke: »Die haben beide ja offenbar noch ziemlich starke Gefühle Herrn Tamma betreffend.«

»Sie wirkte bitter ihrem ehemaligen Geliebten gegenüber, ihr Vater eher wütend.«

»Ja, der Vater wirkte immer noch sehr sauer.«

»Denkst du, dass sich Alko Weelborg für seine Tochter an Feiko gerächt hat?«, fragte Evert.

»Ja.«

»Aber wieso?«

Wiebke zuckte mit den Schultern. »Ich glaube ihnen nicht, dass Sören nicht von Feiko Tamma abstammt. Das Gesicht ist doch eindeutig. Feiko Tamma könnte Kontakt verlangt haben oder dass ihm überhaupt gesagt wird, von wem der Junge abstammt. Oder aber Feiko Tamma sollte nachträglich zahlen.«

»Das macht keinen Sinn. Der Junge ist mindestens achtzehn Jahre alt, also hatte sie genug Zeit, Alimente zu fordern. Hat sie aber nicht. Also wollte sie womöglich nicht, dass rauskommt, wer der Vater ist.«

»Nur wie weisen wir das nach?«, fragte Wiebke. »Wir sind ja nicht einmal dazu gekommen, zu fragen, ob sie ein Alibi hat.«

»Vielleicht finden wir ja noch eine Spur in seiner Wohnung oder in seinem Notizbuch«, meinte Evert. »Er könnte ja Überlegungen angestellt oder selbst über seinen Sohn recherchiert haben. Vielleicht finden wir etwas, das zumindest für uns rechtfertigt, weiter in diese Richtung zu ermitteln.«

»Also gut«, sagte Wiebke und startete den Wagen. »Fahren wir ins Büro und sehen uns sein Notizbuch an. Vielleicht hat der Kriminaltechnische Dienst uns auch inzwischen Zugriff auf den Laptop des Verstorbenen verschafft.«

*

Klaas Behrends parkte in Ihlow in der Friesenstraße auf dem Vorplatz eines kleinen Bäckers. Er stieg aus dem Auto aus und sah sich um. Sofort entdeckte er das gesuchte Fahrzeug. Er ging hinüber und klopfte gegen die Seitenscheibe.

Im Inneren saß Kathrin Peikenkamp und biss gerade herzhaft in ein belegtes Brötchen, dessen untere Hälfte noch in einer Tüte der Bäckerei steckte. Sie erschrak sich, hustete und sah zu Klaas.

»Frau Peikenkamp, ich würde gerne kurz mit Ihnen reden«, sagte Klaas etwas lauter, damit sie ihn im Inneren des Autos verstehen konnte. Hinter ihm fuhr gerade ein Lkw die Friesenstraße entlang.

Kathrin Peikenkamp nickte, schluckte runter und ließ das Brötchen in die Tüte gleiten. Sie öffnete die Tür des Autos. »Ja? Darf ich hier nicht stehen?«

»Nein. Frau Peikenkamp, wir kennen uns von gestern Morgen. Ich war einer der Polizisten, die den Tatort gesichert haben. Klaas Behrends, Kriminalpolizei Aurich.«

»Oh ja, sicher«, sagte sie und stieg aus dem Auto aus.

»Frau Peikenkamp, ich hätte noch ein paar Fragen an Sie, die sich im Laufe der Ermittlung ergeben haben. Ich habe versucht, Sie anzurufen, aber bekam nur die Mailbox dran.«

»Klar, schießen Sie los. Entschuldigen Sie, bei der Arbeit schalte ich mein Handy gerne auf lautlos und vergesse das dann wieder zurückzustellen. Ich helfe gerne, aber bitte nicht zu lang, ich muss gleich weiter, das ist meine Pause.«

»Ich werde Sie nicht lange aufhalten. Sie sagten, Sie fuhren in Hinte an dem Hof vorbei, als Sie das Feuer sahen.«

Sie nickte. »Ja.«

»Wo fuhren Sie hin? Wohin waren Sie unterwegs?«

Sie blinzelte, bevor sie antwortete. »Ich hatte ein Paket für drei Höfe weiter. Herrn Wilfried Hoyer, ja, für den hatte ich was.«

»Laut Ihren Firmenunterlagen haben Sie dem aber vorgestern ein Paket geliefert. Der Hof und Hinte als ganze Gemeinde waren gestern nicht auf Ihrer Fahrtliste.«

»Sie haben in der Firma nachgefragt?«, fragte sie deutlich überrascht.

»Das muss ich tun. Wir überprüfen immer die Aussagen von allen Beteiligten bei Kriminalfällen. Das dauert manchmal und geschieht oft auch im Hintergrund, ohne dass die Leute es mitbekommen. Dennoch ist es wichtig. So merkt man, wenn jemand nicht ganz die Wahrheit sagt.«

»Und ich sage nicht die Wahrheit? Wollen Sie mir das sagen?«

»Sie haben noch nicht geantwortet. Wieso waren Sie gestern in Hinte?«

»Weil ich da ein Paket abgegeben habe. Das steht nicht im System, weil ich es vorgestern als ausgeliefert eingetragen habe.

Ich bin aber nicht dazu gekommen und habe es deswegen eingetragen und bin morgens eben direkt da vorbeigefahren. Das ist doch kein Drama. Ich muss meine Quote erfüllen, und wenn ich zu wenig ausliefere, bekomme ich Ärger.«

»Das klingt plausibel, aber leider hat Herr Hoyer mir telefonisch bestätigt, dass sein Paket vor zwei Tagen angekommen ist, also vorgestern. Ich habe mir die Freiheit genommen, die letzten Tage Ihre Auslieferungskarten durchzusehen, und da gab es nur Herrn Hoyer als Fahrtziel in Hinte. Sie waren eine Weile nicht dort. Wieso waren Sie also ausgerechnet gestern Morgen da?«

»Herr Hoyer muss sich irren, ich habe das Paket später abgegeben. Er hat sicher nur in seine Onlinebestätigung geschaut, und die basierte auf meiner falschen Angabe unserem Computersystem gegenüber.«

»Nein, er war sich ziemlich sicher. Aber er hat mir die Aufnahme seiner Hausfrontüberwachungskamera geschickt. Denken Sie, die Aufnahme wird Ihre Aussage bestätigen? Bedenken Sie bitte dabei, dass zweifache Falschaussage einem Polizisten gegenüber nicht gut aussieht. Die erste Falschaussage können wir gerne unter Schock verbuchen: der Schock, das Feuer zu entdecken, und der Schock, vielleicht einen Toten zu sehen?« Er musterte die Frau, die sich nun umsah, als würde sie kurz überlegen, einfach wegzulaufen.

Klaas wartete entspannt ab. Er hatte diesen Gesichtsausdruck schon gesehen. Sie suchte einen Ausweg, doch der einzige Ausweg, den er ihr gelassen hatte, war die Wahrheit.

»Also gut, es war ein Fehler, da nicht ganz die Wahrheit zu sagen. Aber ich war wirklich unter Schock.«

»Sicher, das waren Sie. Nur jetzt sind Sie es nicht mehr und könnten bitte aufhören, die Ermittlungen zu behindern. Also? Wollen Sie mir nicht weiterhelfen?«

Sie biss sich auf die Unterlippe. »Ich war verabredet.«

»Auf dem Hof von Herrn Tamma?«, fragte Klaas.

»Ja, ich war mit ihm verabredet.«

»Tilo Tamma oder Feiko Tamma?«, wollte Klaas es genauer wissen.

»Was? Tilo ist verheiratet! Nein, mit Feiko war ich verabredet.«

»Führen Sie das bitte aus.«

»Ja, Feiko und ich, wir haben uns vor vier Monaten mal getroffen, als ich ein Paket abgeliefert habe. Es war für seine Schwägerin, die war aber nicht da. Ich habe mich mit Feiko unterhalten. Er ist ein netter Kerl, und er hat gefragt, ob ich nach meiner Schicht was essen gehen will. Wir waren in einem kleinen Gasthaus nahe dem Großen Meer, und es war ein schöner Abend. Ich bin eigentlich nicht so eine, aber er hat angeboten, dass wir uns ein Zimmer nehmen könnten, und irgendwie war da was zwischen uns. Er hat mich angesehen, wie mich schon lange kein Mann mehr wahrgenommen hat. Tja, und da war's um mich geschehen.« Sie sah zu Boden, und ihre Wangen wurden rot. »Wir haben uns dann die nächsten Wochen und Monate regelmäßig getroffen, in letzter Zeit auch mal morgens in der Scheune im Heu. Muss ich das auch weiter ausführen?«

»Sie hatten also eine Beziehung mit dem Toten. Waren Sie ein festes Paar?«

»Ich weiß es, ehrlich gesagt, nicht ganz. Die Unterhaltung habe ich vermieden«, gab sie zu.

»Wieso das?«

»Weil ich das Gefühl hatte, dass ich es kaputt machen könnte, indem ich versuche, es zu definieren, wie eine Seifenblase, die platzt, wenn Sie nach ihr greifen.«

»Und um sich mit ihm zu treffen, waren Sie morgens bei ihm.«

»Ja, genau. Er hatte mir eine Kurznachricht geschrieben.«

»Darf ich die sehen?«

»Wieso?«

»Frau Peikenkamp, Sie sind vermutlich die letzte Person, die mit Herrn Tamma vor seinem Tod Kontakt hatte.«

»Als ich da ankam, wusste ich nicht, dass er da war. Wirklich nicht! Ich habe nur die Flammen gesehen und Panik bekommen. Dann bin ich rausgelaufen und habe die Feuerwehr gerufen. Ich habe erst dann erfahren, dass dort … dass er da … Ich wusste es gleich, dass er das sein muss. Ich habe das mitgehört und …«

Sie begann zu weinen. Klaas griff in eine seiner Jackentaschen, fand nicht, was er suchte, und griff in eine andere. Dann zog er eine Packung Papiertaschentücher hervor und reichte sie der Frau.

»Ist schon gut«, sagte er. »Es tut mir sehr leid, das muss sehr schwierig für Sie sein. Aber Sie verstehen, dass wir genau sein müssen, denn Sie waren die Letzte, die mit ihm Kontakt hatte. Sie haben also seine Leiche nicht gefunden.«

Sie schniefte und putzte sich die Nase. »Nein, habe ich nicht. Wirklich nicht.«

»Gut, ich würde dann gerne die Nachricht sehen, die er Ihnen geschrieben hat.«

»Ja, Moment.« Sie öffnete ihre Autotür und holte aus ihrer Handtasche ihr Mobiltelefon. Dann reichte sie es Klaas. »Er hat nur eine Uhrzeit und ›Wie letztes Mal‹ geschrieben. Mehr musste er auch nicht sagen, ich wusste ja, wo er sich treffen wollte.«

»Darf ich auch frühere Nachrichten sehen?«

»Wenn es sein muss.«

Klaas sah sich auch frühere Nachrichten an. Meistens waren sie nicht mehr, als dass einer der beiden dem anderen schrieb, dass er Zeit hatte und der andere Zeit und Ort vorschlug.

»Wissen Sie jemanden, der einen Groll gegen Herrn Tamma hätte hegen können?«

»Nein, wirklich nicht. Er war doch aus dem Gefängnis und wollte jetzt anders leben. Er wollte auf dem Hof arbeiten.«

»Gab es Streit, von dem er Ihnen berichtet hat?«

»Nein, oder doch? Er hat sich mit seinem Bruder viel gestritten. Er meinte, er würde die Tradition der Familie verraten. Tilo will den Hof wohl verkleinern. Aber ich kann mir nicht vorstellen, dass er ihn deswegen … Feiko arbeitete ja nur für Tilo. Deswegen war er, denke ich, so sauer: Weil er kein Mitspracherecht hatte.«

»Verstehe«, sagte Klaas. »Gut, haben Sie vielen Dank. Gegebenenfalls melde ich mich nochmal bei Ihnen.«

»Bekomme ich jetzt Ärger?«

»Weil Sie unter Schock eine falsche Aussage gemacht haben? Ich denke, da existiert ein gewisser Spielraum. Wenn wir davon ausgehen, dass Sie überfordert waren und jetzt alles auf den Tisch gelegt haben, was Sie wissen, wäre doch niemandem damit gedient, Sie rechtlich zu belangen, oder?«

»Nein, wäre es sicher nicht. Vielen, vielen Dank.«

»Nur nicht zur Gewohnheit werden lassen.«

Kapitel 8

Wiebke bemerkte, dass sie einen Anruf bekam, und aktivierte über die Taste im Lenkrad die Freisprechanlage ihres Dienstwagens.

»Moin, Klaas. Evert und ich sitzen im Auto, und ich habe dich auf laut gestellt. Was gibt es?«

»Ich habe gerade mit Frau Peikenkamp gesprochen.«

»Das war die Frau, die das Feuer gemeldet hat. Richtig?«

»Genau die. Sie hatte sich mit Feiko Tamma verabredet.«

»Ach?«

»Ja, die beiden hatten eine Affäre oder Beziehung. Jedenfalls trafen sie sich regelmäßig zu gemeinsamen Schäferstündchen, so auch in der Scheune. Sie hat dann aber dort das Feuer gesehen und wegen der Flammen gleich die Feuerwehr gerufen.«

»Sie hat den Toten nicht gefunden?«

»Sie sagt, nein, und ich glaube ihr vorerst. Aber weil wir jetzt die Handynachrichten von Feiko Tamma kennen, können wir einschränken, dass er zwischen vier und sieben Uhr gestorben ist. Er hat nämlich um vier Uhr geschrieben, dass er gegen sieben Uhr in der Scheune sei, und wenn sie Lust habe, könne sie vorbeikommen.«

»Das schränkt immerhin das Zeitfenster ein, in dem er gestorben ist.«

»Ein wenig, ja. Wohin seid ihr unterwegs?«

»Wir verfolgen noch eine andere Spur. Wir kommen gerade aus dem Büro. In den Akten von Feiko Tamma haben wir jemanden gefunden, mit dem wir reden wollen. Stephan Grönker hat von Feiko Tama vor seiner Gefängnisstrafe die Nase gebrochen bekommen und vor Publikum geschworen, ihn umzubringen.«

»Und ihr denkt, er hat nun nach, was, sechs Jahren diesen Schwur wahr gemacht?«

»Wir müssen dem zumindest nachgehen.«

»Ja, müsst ihr. Frohes Schaffen noch.«

»Dir auch, wir halten dich auf dem Laufenden. Gute Arbeit übrigens.«

»Danke.«

Wiebke legte auf.

Sie fuhren nach Westerholt, einem kleinen Ort, der nördlich von Aurich lag, aber zum Landkreis Wittmund gehörte, trotz seiner Nähe zu Aurich. Anschließend wechselten sie von der Auricher Straße in die Nordener Straße, von der aus sie wiederum in die kleinere Straße Up de Gast einbogen. Hier parkten sie in der Einfahrt eines einstöckigen Hauses, in dessen unterem Stockwerk eine Apotheke untergebracht war.

Evert und Wiebke gingen allerdings, gefolgt von Fiete, von ihrem Auto nicht zum Eingang der Apotheke, sondern um das Haus herum zur Seitentür, an der ein Schild verriet, dass dort zwei Parteien im Obergeschoss wohnten. Sie klingelten bei S. Grönker.

Es war früher Nachmittag. Da sie nicht wussten, ob sie Herrn Grönker hier antreffen würden, hatten sie ihn vorher angerufen.

»Zu wem wollen Sie?«, fragte ein Mann Ende dreißig hinter ihnen. Er hatte kurzes, dunkles Haar, das in der Mitte länger wuchs als an den Seiten. Seine Stimme klang kratzig. Er hatte ein breites Gesicht und wirkte leicht übergewichtig.

»Kripo Aurich«, stellte Evert sich und seine Kollegin vor und ließ den Mann zur Haustür, wo er eindeutig hinwollte.

»Ach, wir haben telefoniert«, sagte der Mann.

»Sie sind Stephan Grönker?«

»Ja, genau der. Was wollen Sie denn von mir?« Er schloss die Haustür bei diesen Worten auf.

»Wir würden Ihnen gerne ein paar Fragen zu Feiko Tamma stellen.«

»Das sagten Sie am Telefon. Also, fragen Sie.«

»Können wir hereinkommen?«

»Nein, ich würde lieber jetzt flott das Ganze besprechen, und dann muss ich weiter. Also, bitte. Was ist mit Herrn Tamma? Was will er?«

»Es tut mir leid, Ihnen das mitzuteilen, doch er ist tot. Wir ermitteln in seinem Mordfall.

»Oh, jemand hat ihn umgebracht?«

»Genau.«

»Tja, und was wollen Sie bei mir?«

»Wir wüssten gerne, ob Sie nochmal Kontakt zu ihm hatten seit seiner Entlassung aus dem Gefängnis.«

»Warum sollte ich?«

»Sie haben vor seiner Inhaftierung gedroht, ihn zu töten, und laut unseren Akten auch danach noch mehrfach Drohbriefe ans Gefängnis geschrieben.«

»Das war ich nicht.«

»Es konnte nicht bewiesen werden«, stimmte Wiebke ihm zu. »Doch es wurde angenommen, dass Sie das waren.«

»Angenommen ist nicht bewiesen«, beharrte der Mann.

»Sie waren damals sehr wütend auf ihn.«

»Ja, wären Sie auch. Er war Türsteher bei einer Scheunenparty in Aurich. Ich war mit meiner Frau … meiner Ex-Frau da. Dieser grinsende Kerl hat mich nicht reingelassen und den Dicken markiert! Er hat meine Frau angebaggert, sie könnte ja rein, aber ich nicht. Dann hat er mir ins Gesicht geschlagen.«

»Nachdem Sie versucht haben, ihn anzugreifen.«

»Ich habe nur meine Ehre verteidigt.«

»Und er brach Ihnen dann die Nase. Sie drohten ihm mit Mord.«

»Ja, und? Ich war wütend! Außerdem wissen Sie nicht, wie das ist, so als … Schwächling dazustehen.« Er spuckte das Wort aus. »Meine Frau hat mich danach anders angesehen. So einen wollte sie nicht. Sie wollte einen ganzen Mann.«

»Und darum drohten Sie Herrn Tamma später erneut per Brief?«

Kurz sah es aus, als wollte Stephan Grönker es bestätigen, sein Kopf bewegte sich, als wollte er nicken, doch sagte er: »Nein, das muss jemand anderes gewesen sein. Gab sicher viele, die auf den Kerl wütend waren.«

»Wissen Sie jemanden?«

»Nein, tut mir leid.«

»Wo waren Sie gestern zwischen vier Uhr und sieben Uhr morgens.«

»Wo soll ich um so eine Zeit gewesen sein? Zu Hause!«

»Gibt es Zeugen dafür? Eine Partnerin vielleicht?«

»Was, eine Partnerin? Machen Sie sich über mich lustig? Ich lebe allein, seit meine Frau mich verlassen hat! Das fing damals alles an, und jetzt soll ich hier was? Ein Alibi vorweisen? Sind Sie …« Er atmete tief durch. »Nee, ist gut. Ich habe kein Alibi, wie vermutlich halb Ostfriesland. Tut mir leid, ich war's aber nicht. Schön, dass Herr Tamma nun tot ist, irgendwann erwischt es auch mal die Richtigen. Aber bei mir sind Sie da falsch.« Er sah auf seine Armbanduhr. »Kann ich jetzt gehen?«

»Erstmal ja. Hier haben Sie meine Karte, darauf stehen unsere Kontaktinformationen. Wenn Ihnen doch noch etwas einfällt, von dem Sie denken, dass es Fallrelevanz besitzt, melden Sie sich bitte.«

»Klar«, meinte Herr Grönker spöttisch. »Mach ich sicher.«

Evert und Wiebke gingen zurück zum Auto. Als sie zum Wagen gingen und Evert den Hund in seine Box lassen wollte, klingelte Everts Handy. Er nahm den Anruf entgegen.

»Moin, Kripo Aurich, Sie sprechen mit Evert Brookmer.

»Moin, Herr Brookmer, hier ist Altje Tamma.«

»Frau Tamma, was kann ich für Sie tun?«, fragte er Tilo Tammas Frau.

»Ja, also, ich wollte mich mal melden.«

»Okay«, sagte Evert und wartete. Er merkte, dass die Pause länger wurde, und hatte den Eindruck, dass Frau Tamma mit den richtigen Worten rang. Seiner Erfahrung nach war es in so einer Situation das Beste, seinem Gesprächspartner einfach Zeit zu geben.

»Also, ich will niemanden beschuldigen. Aber Sie sagten, ich soll mich melden, wenn mir noch was einfällt, und ich habe sehr viel nachgedacht.«

»Ich bin ganz Ohr, Frau Tamma. Manchmal erscheinen Dinge ja in einem anderen Licht, wenn man dann nochmal überlegt.«

»Genau, und Tilo war die letzten Tage immer sehr komisch. Ich habe überlegt, was los war, und er hat sich mit Feiko wohl gestritten, nochmal, also einmal, ohne dass ich das erfahren habe.«

»Und Sie denken, dass Ihr Mann vielleicht sehr wütend auf Ihren Schwager war?«

»Ja, schon.«
»Worum ging es bei dem Streit?«
»Wieder um den Hof, Tilo scheint Feiko was zu schulden. Sehen Sie, ich stecke da nicht so drin, aber Feiko bekommt wohl deutlich mehr Geld für seine Hofhälfte, als ich annahm.«
»Wissen Sie wie die Besitzverhältnisse beim Hof sind?«
»Ich dachte, mein Mann hat alles. Aber das war wohl nicht ganz richtig. Ich weiß es wirklich alles nicht, aber ich habe heute gehört, wie Tilo mit Herrn Boomfalk gesprochen hat.«
»Um wen handelt es sich dabei?«
Fiete lief um Evert herum. Der war durch das Telefonat abgelenkt, sodass der Hund schließlich ein seufzendes Geräusch machte und dann zu Wiebke lief.
»Das ist der Großinvestor, der das Land pachten und auch mehrere Wiesen abkaufen will, um da Solaranlagen und Windräder draufzusetzen.«
»Und was genau haben Sie bei dem Gespräch gehört?«, fragte Evert in dem Versuch, die Gedanken der Frau zu ordnen.
»Also …« Sie schwieg einen Moment.
Als die Pause sehr lang wurde, fragte Evert: »Sind Sie noch dran?«
»Ja, bin ich. Also, Herr Boomfalk und mein Mann scheinen beide sehr zufrieden zu sein, dass Feiko tot ist. Es ging irgendwie um die Besitzverhältnisse am Hof.«
Fiete strich immer noch um Wiebke herum, die sich nun in die Hocke begab, um ihn ein wenig zu kraulen. Als sie damit anfing, warf sich der schwarze Labrador Retriever auf den Rücken, entblößte seinen Bauch und machte klar, dass er dort gekrault werden wollte.
»Sie denken, die beiden haben ein Motiv?«, fragte Evert derweil Altje Tamma.
»Ich weiß es ehrlich gesagt nicht. Ich denke nur, dass die Besitzverhältnisse vielleicht ein größeres Problem waren, als ich dachte. Sie klangen so erleichtert. Tilo hatte das Handy auf laut gestellt, ich konnte alles mithören.«
»Können Sie uns die Adresse von Herrn Boomfalk nennen, damit wir mal mit ihm sprechen können?«

»Ich muss in die Unterlagen von Tilo schauen, ich weiß das nicht. Er kümmert sich um so etwas. Aber Herr Boomfalk kommt in einer guten Stunde her. Sie können hier mit ihm sprechen. Er muss irgendwas an Papierkram mit Tilo klären und bringt das dann kurz mit. Meist verquatschen sich die beiden und reden dann ewig über alles Mögliche. Dann ist er immer eine Weile hier.«

»Sie mögen ihn nicht«, schloss Evert aus ihrer Stimmlage.

»Nein, er ist einer, den meine Oma einen Dickdonner genannt hätte, einer, der mehr Lärm macht, als er wert ist.«

»Ein Angeber also.«

»Ja. Ich befürchte, dass er vielleicht irgendwie damit zu tun hat.«

»Wir fahren mal bei Ihnen vorbei und sprechen mit ihm.«

»Bitte erwähnen Sie Tilo gegenüber nicht, dass ich … ich meine, ich will nicht, dass er …«

»Wir erwähnen Ihren Hinweis in keiner Weise, sofern es nicht wirklich nötig ist«, versicherte Evert ihr.

»Danke.« Sie verabschiedete sich und legte auf.

Wiebke sah neugierig zu Evert.

Evert berichtete ihr von Frau Tammas Überlegungen.

»In die Richtung habe ich mir auch schon meine Gedanken gemacht«, sagte Wiebke. »Als ich heute Morgen im Büro war, habe ich eine Anfrage rausgeschickt, weil ich wissen wollte, wer eigentlich im Grundbuch zum Hof steht. Inzwischen gab's auch eine Antwort per Mail vom Grundbuchamt. Feiko und Tilo Tamma stehen da beide zur Hälfte drin.«

»Das ist dann natürlich ein größeres Hindernis, wenn Tilo Tamma sehr andere Vorstellungen hatte, was die Zukunft des Hofes angeht. Wir sollten mal mit ihm und dem Investor sprechen.«

*

Klaas parkte vor dem alten Einfamilienhaus in Victorbur inmitten des Südbrookmerlandes. Kathrin Peikenkamp hatte ihn angerufen, als er eigentlich damit beschäftigt gewesen war, die

Tankstellen, die in der Nähe des Tatorts in Hinte lagen, abzuklappern. Er hatte vor, jede einzelne zu überprüfen, ob jemand in den letzten Tagen einen Benzinkanister gekauft hatte. Das war natürlich mühsam, aber da die meisten Tankstellen mit Videokameras überwacht waren, würde er so zumindest alle an dem Fall beteiligten Personen daraufhin überprüft bekommen, ob sie in der Nähe des Tatorts gewesen waren oder sogar Benzinkanister gekauft hatten. Sollte ein vertrautes Gesicht auf den Aufnahmen sein, hätten sie ein deutliches Indiz, auf wen sie sich bei den Ermittlungen konzentrieren mussten. Er wusste, dass es sich dabei um Fleißarbeit handelte, doch er nahm an, dass der Täter einen Fehler gemacht haben würde.

Doch Frau Kathrin Peikenkamp hatte ihm noch eine andere Spur geboten. Ihr Telefonat war nur kurz gewesen. Sie hatte überlegt, was er gesagt hatte: Ob es jemanden gab, dem sie die Tat zutrauen würde, der Feiko Tamma hätte angreifen können. Ihr war offenbar ein früherer Partner eingefallen.

Auf dem Klingelschild stand Fynn Gaaste.

Klaas betätigte die Klingel des kleinen Einfamilienhauses, und es dauerte einen Moment, bis die Tür geöffnet wurde.

»Ja?«, fragte ein Mann Anfang vierzig. Er wirkte unleidlich, sein Hemd war etwas unordentlich und er saß im Rollstuhl.

»Moin, Herr Gaaste. Klaas Behrends, Kriminalpolizei Aurich.«

»Moin. Worum geht's?«

»Meine Kollegen und ich ermitteln in einem Mordfall, der sich auf einem Hof nicht weit von hier ereignet hat.«

»Habe ich im Radio gehört. Auf einem der Bauernhöfe ist jemand umgebracht worden, oder? Bei Emden.«

»Ja, das stimmt. Kannten Sie das Opfer? Es handelt sich um Feiko Tamma.«

»Ah.«

»Sie kannten ihn?«

»Ich habe gehört, dass er bei seinem Bruder arbeitet.«

»Hatten Sie mal Kontakt zu ihm?«

»Ich habe ihn vor zehn Jahren mal gekannt. Das ist Ewigkeiten her. Was wollen Sie wissen?«

»Ich wüsste gerne, wo Sie gestern zwischen vier und sieben Uhr morgens waren.«

»Wollen Sie mich auf den Arm nehmen? Ich bin ziemlich schwer, das sag ich Ihnen gleich.«

»Bitte?«

»Ich sitze im Rollstuhl, Sie Idiot! Ich war zu Hause. Gegen sieben habe ich vermutlich versucht, aus dem Bett in den Rollstuhl zu kommen, um es zum Pott zu schaffen. Ich habe Frakturen in beiden Beinen wegen eines Motorradunfalls. Was für eine dämliche Frage soll das sein?«

»Tut mir leid, aber so was muss die Polizei klären.«

»Ja, sicher. Mir reicht's«, sagte er und machte eine unwirsche Handbewegung. »Wie kommen Sie überhaupt auf mich?«

»Ihr Name fiel im Rahmen der Ermittlungen«, sagte Klaas, um nicht Frau Peikenkamp direkt zu verraten.

»So, dann fällt hier noch was, nämlich die Tür ins Schloss. Tschüss.«

Er schloss die Tür.

Klaas atmete einmal tief ein und aus. Es tat ihm ein wenig leid, aber er meinte, was er Herrn Gaaste gesagt hatte: Zu seiner Arbeit gehörte es herauszufinden, wann die Leute irgendwo gewesen waren. Allerdings gab er dem Mann recht: Gebrochene Beine waren ein verdammt gutes Alibi.

Kathrin Peikenkamp hatte sich da offenbar geirrt. Ihr Ex-Freund wusste weder etwas von ihrer Beziehung zu Feiko Tamma, noch hätte er einfach so zu ihm fahren und ihn ermorden können.

Klaas ging zurück zu seinem Dienstwagen. Er würde sich jetzt erstmal um die Tankstellen kümmern. Die Liste war leider sehr lang …

Kapitel 9

Sie brauchten eine gute Dreiviertelstunde, bis sie endlich in die Hofeinfahrt der Familie Tamma nahe Hinte einbogen. Sie parkten neben einem roten Cabriolet nahe der Haustür.

Nachdem Evert seinen Hund herausgelassen hatte, ging er mit Wiebke zusammen zum Eingang.

Als sie klingelten, öffnete ein Mann die Tür von innen. Er hatte lichtes kurzes Haar. Sein fliederfarbenes Hemd hatte die obersten Knöpfe auf, sodass die Goldkette sichtbar wurde, die er auf dem T-Shirt darunter trug. Seine Ärmel waren nachlässig hochgekrempelt. Die braunen Lederschuhe, die er zu seiner eng sitzenden Jeans anhatte, wirkten wie neu und glänzten.

»Ja, moin«, sagte der Mann zu Wiebke.

Hinter ihm stand Tilo Tamma und grüßte ebenfalls.

Der Mann mit dem fliederfarbenen Hemd schob sich an den Ermittlern vorbei.

»Sie sind Herr Boomfalk, richtig?«, fragte Evert.

»Ja, Horst Boomfalk, Immobilien und Investitionen. Wenn Sie eine gute Geschäftsidee haben, bin ich der Founder, den Sie brauchen. Ich mache aus jedem Geschäft eine große Sache.«

»Das nehme ich an«, sagte Wiebke. »Kripo Aurich, die Kriminalkommissare Evert Brookmer und Wiebke Jacobs. Wir wollten mit Herrn Tamma sprechen, aber auch mit Ihnen. Wenn Sie noch ein paar Minuten hätten, wäre es sehr hilfreich, wenn wir das jetzt erledigen könnten.«

»Ich kann sicherlich für Sie ein paar Minuten erübrigen.«

»Das freut uns«, sagte Evert.

»Können wir nacheinander mit Ihnen sprechen?«, fragte Wiebke.

»Wieso, verdächtigen Sie uns, dass wir uns absprechen?«, meinte Tilo Tamma und runzelte die Stirn. Er sah auf seine Armbanduhr.

»Mir wäre es auch lieber, wenn wir das flott erledigen«, sagte Herr Boomfalk.

»Dann machen wir das eben so«, sagte Evert. Er wusste, dass Wiebke lieber vorschriftsmäßig Befragungen einzeln durchführen wollte, doch er sah in diesem Fall durchaus einen Nutzen darin, vom Standardverfahren abzuweichen: So konnten sie die Reaktionen der beiden Männer aufeinander beobachten.

»Also gut, was ist denn Ihre Frage?«

»Kannten Sie Feiko Tamma?«, wollte Evert von Horst Boomfalk wissen.

»Ja, flüchtig. Ich habe einmal mit ihm geredet, aber normalerweise habe ich nichts mit ihm zu tun gehabt.«

»Dabei wollen Sie doch auf seinem Grund und Boden investieren, oder?«

»Ich sehe da keinen Widerspruch.«

»Herr Tamma, wir haben erfahren, dass Sie und Ihr Bruder zu gleichen Teilen alles geerbt haben, als Ihre Eltern starben. Der ganze Hof ist sowohl Ihr als auch Feiko Tammas Eigentum gewesen. Stimmt das?«

»Ja, das ist richtig. Da Feiko im Knast saß, habe ich alles übernommen und mich darum gekümmert.«

»Jetzt war er aber raus und hätte sich ausbezahlen lassen können.«

»Und?«

»Er war, wie Sie sagten, gegen die Projekte, die Sie mit Herrn Boomfalk anstreben. Er wollte seinen Hof weiterhin hier als Wirtschaftsbetrieb behalten und er wollte keinen Solarpark oder Windkraftanlagen. Ist das richtig?«

»Ja, und?«

»Er hat ein Mitspracherecht, denn er steht im Grundbuch.«

»Er hat gar nichts gehabt. Ich habe mich hier um alles gekümmert. Ich habe mich um Ma und Pa gekümmert. Ma hatte Demenz und Pa hatte Krebs. Wissen Sie, wie die letzten Jahre waren mit zwei Pflegefällen neben dem Wirtschaftsbetrieb hier? Wissen Sie, wie das ist, zu sehen, wie die Menschen, die Sie großgezogen haben, langsam immer weniger und hilfloser werden? Nein, das wissen Sie nicht. Feiko wusste es auch nicht. Er war ja weg. Als er aus dem Gefängnis kam, habe ich ihm das genau so gesagt. Er hat kein Recht an diesem Hof, aber ich habe ihm eine Stelle angeboten und ein Dach über dem Kopf. Er hätte seinen fairen Anteil aus dem Verkauf von Grundstücken bekommen, wenn wir alles geregelt hätten, und er konnte noch so sehr behaupten, dass er ein ehrlicher Bauer sein wollte. Er hat kleinlaut zugestimmt, weil er genau wusste, dass er kein moralisches Anrecht hatte, mir zu sagen, was ich mit meinem Hof mache.«

»Gibt es Zeugen dafür, dass er dem zugestimmt hat?«

»Nein, ich pflege normalerweise keinen Anwalt hinzuzuziehen, wenn ich mit meiner eigenen Familie rede.«

»Verstehe. Herr Boomfalk, wussten Sie von den Unstimmigkeiten der Brüder bezüglich der Zukunft des Hofes?«

»Es gibt immer Leute, die sich zieren. Ist immer eine Frage des Preises, und mich hat das nicht beunruhigt. Feiko Tamma hat sein Leben lang versucht, zu Geld zu kommen. Ich hätte zugesehen, dass er einen Anteil bekommt, da wäre sein Banküberfall eine Lachnummer gewesen. Für mich ist das in Ordnung, denn ich verdiene ja Geld auf Zeit mit der Investition. Ich sehe schon, was Sie hier konstruieren, und ich sage Ihnen: Ich bringe keine Leute um, nur wegen des Geldes. Geld löst alle Probleme von allein. Sie werfen solange damit um sich, bis die Leute schon zustimmen. So hat sich das aber von allein gelöst.«

»Es hat sich nicht von allein gelöst, Herr Boomfalk. Ein Mann ist tot.«

»Verzeihung, Tilo, so meinte ich das auch nicht«, sagte er an Herrn Tamma gewandt.

»Schon gut.«

Horst Boomfalk machte eine umfassende Geste. »Also, entschuldigen Sie mir meine Aufgebrachtheit, aber ich werde nicht gerne des Mordes beschuldigt.«

»Wir beschuldigen Sie nicht«, sagte Wiebke. »Wir stellen erstmal nur fest, dass der Tod von Feiko Tamma einen Vorteil für Sie bot.«

»Und ich sage Ihnen ja, das ist nicht richtig. Das Problem, was Sie da sehen, war für mich gar keines.«

»Deswegen ist es ja auch wichtig, dass wir miteinander reden«, sagte Evert, der der Meinung war, dass dieses Gespräch nicht weiterführte. »Wir müssten dennoch wissen, wo Sie gestern Morgen zwischen vier und sieben Uhr waren.«

»Ich? Zu Hause, wo soll ich um die Uhrzeit gewesen sein? Ich stehe um halb sieben auf, den Luxus gönne ich mir. Ich beginne meine Arbeit um halb acht. Die Leute haben so früh sowieso keine Zeit für mich.« Herr Boomfalk lachte dabei, als hätte er einen guten Witz gemacht. Er sah auf seine Armbanduhr. »So, das muss jetzt reichen, oder? Ich muss noch weiter.«

»Von uns aus können Sie gehen«, sagte Wiebke.

Herr Boomfalk hob zur Verabschiedung die Hand vage in Richtung aller Beteiligten, als er zu dem Sportcabrio ging.

»Sie wissen also jetzt genauer, wann er gestorben ist?«, sagte Tilo Tamma so leise, dass Evert es beinahe nicht gehört hätte.

»Ja, Herr Tamma. Können Sie sich vorstellen, wieso Ihr Bruder um vier Uhr noch wach war?«

»Oder schon wach war«, meinte Tilo und lächelte. »Sie arbeiten nicht auf einem Bauernhof, Herr Brookmer.«

»Nein, tue ich nicht.«

»Es gibt viel zu erledigen. Feiko hat oft um sechs Uhr herum Kühe an die Melkmaschine bringen müssen oder sich um das Futter der Tiere gekümmert. Mein Tag beginnt auch meistens um fünf oder sechs Uhr.«

»Wann begann denn Ihr Tag gestern?«, fragte Evert.

»Haben wir da nicht schon drüber geredet?«

»Nein, nicht so genau.«

»Ich bin gegen vier Uhr aufgestanden. Meine Frau steht erst um halb sieben auf. Sie kann gut spät arbeiten, aber so früh, das ist nichts für sie. Ich mache meistens die ersten Aufgaben des Tages.«

»Welche waren das gestern?«

»Da Feiko sich normalerweise morgens um das Futter der Tiere kümmert, hieß das für mich, dass ich Zeit für den angenehmeren Teil des Bauernlebens hatte: Papierkram. Wir sind ein Wirtschaftsbetrieb, und man gestattet uns da keine Ausnahmen. Sie müssen viele Dinge nachweisen, regelmäßig beantragen und so weiter. Ich bin damit beschäftigt gewesen, bis die Feuerwehr kam und … klar wurde, dass Feiko nicht mehr ist.« Seine Stimme zitterte leicht. »Nun, wäre das alles?«, fragte er dann und blinzelte ein paar Mal. »Oder kann ich Ihnen noch irgendwie helfen?«

»Denken Sie wirklich wie Herr Boomfalk, dass es kein Problem für Ihren Bruder gewesen wäre, den Plänen für den Hof zuzustimmen? Er steht immerhin im Grundbuch und hätte das alles blockieren können.«

Tilo Tamma schwieg einen Moment. »Ich denke, das wäre kein Problem gewesen. Wir haben uns vor drei Tagen darüber sehr gestritten. Er weiß das schon seit Wochen, aber vor drei Tagen platzte es aus ihm raus. Er wollte nicht, dass wir alles aufgeben, was unsere Vorfahren errichtet haben.« Tilo Tamma lächelte traurig. »Aber er hat verstanden, dass es so nicht weitergeht. Er war nicht wütend, weil es aufhörte. Er war wütend, weil ich recht habe, weil es keinen Weg gibt. Feiko war einer, der versuchte, mit dem Kopf durch die Wand zu gehen. Aber diese Wand war zu hart. Er wusste das. Der Hof warf nicht genug ab für uns, selbst wenn ich ihm den verkauft hätte für Geld, das Feiko nicht hatte. Er hätte auch nicht davon leben können. Es war vorbei. Manchmal enden Dinge und manchmal macht man alles, was man kann, um dann doch zu scheitern. Nur weil Generationen vor uns es geschafft haben, bedeutet es nicht, dass wir nicht scheitern können. Meine Frau und ich haben keine Kinder, die das irgendwann übernehmen werden. Manchmal ist es eben vorbei.« Er schluckte. »Feiko hat das auch so gesehen. Ich habe es in seinen Augen erkannt. Es tut mir nur leid, dass wir nicht darüber reden konnten, über so vieles nicht mehr.« Er atmete tief ein und aus. »Nun, konnte ich Ihre Befürchtungen ausräumen? Ich will nämlich, dass der Mörder meines Bruders gefasst wird, und wenn Sie Ihre Zeit mit mir vergeuden, entkommt er vielleicht.«

»Wir wollten Sie nicht beleidigen. Aber wir müssen nun mal allen Spuren nachgehen«, sagte Wiebke.

»Sicher. Ich will Ihnen auch nicht Ihre Arbeit erklären.«

»Wir lassen Sie jetzt auch wieder allein«, sagte Wiebke und verabschiedete sich.

Sie gingen zurück zum Auto. Als sie im Fahrzeug saßen, meinte Wiebke frustriert: »Ich bin mir nicht sicher, ob uns das so weiterbringt.«

»Was meinst du?«

»Wir haben einige Leute, die ein grundsätzliches Interesse am Tod von Herrn Tamma gehabt haben könnten, aber nichts ansatzweise Handfestes.«

»Du denkst, wir sollten nochmal in Ruhe seine Unterlagen durchgehen?«

»Ja, es könnte ja sein, dass in seinem Notizbuch, seinem Laptop oder auf seinem Handy etwas ist, das uns deutlich die Richtung weist, in die wir weiter ermitteln müssen.«

»Probieren wir es.«

*

Klaas Behrends stieg aus seinem Dienstfahrzeug. Er strich sich mit seiner Hand über den Bart und verkniff sich ein Gähnen. Es war inzwischen Abend. Er hatte nun ein Dutzend Tankstellen abgeklappert und bei jeder einzelnen bisher Pech gehabt. Zwar gab es vier Tankstellen, an denen in den letzten Tagen jemand Benzinkanister gekauft hatte, doch war den Fotos der Überwachungskameras nach keiner der Käufer bisher im Zusammenhang mit ihrem Fall aufgetaucht. Klaas kannte zwar nicht alle an diesem Fall beteiligten Personen, doch Evert und Wiebke hatten ihm Bilder geschickt. Er hatte sich natürlich trotzdem Kopien der Aufnahmen von den Tankstellen geben lassen und seinen Kollegen weitergeleitet. Die arbeiteten nochmal alles durch, was sie bisher an Informationen über Feiko Tamma besaßen. Klaas Behrends wusste, dass seine Kollegin Wiebke das gerne machte: systematisch alles aufarbeiten, was sie gesammelt hatten. Klaas war eher ein Freund davon, solange herumzufragen, bis er eine Antwort bekam, die ihn weiterbrachte. So war es auch in diesem Fall.

Er ging in das kleine Häuschen der Tankstelle. »Moin«, grüßte er den jungen Mann, der hinter der Theke saß und auf ein Handy starrte.

»Moin«, sagte der, ohne richtig hochzusehen, und wandte sich direkt an die Kasse, um einzutragen, welche Tanksäule abgerechnet werden sollte.

»Nummer?«, fragte er desinteressiert.

»Gar keine«, sagte Klaas und legte dem Mann seinen Dienstausweis auf die Theke.

Der nahm den perplex entgegen und runzelte die Stirn. »Aha«, machte er lediglich und sah Klaas an, als würde er ihn jetzt erst wirklich bemerken. »Was wollen Sie denn hier?«

»Ich will wissen, ob in den letzten Tagen jemand einen Kanister Benzin gekauft hat.«

»Was? Wieso das?«

»Weil es ein Feuer gab und wir den Brandstifter suchen. Dafür wäre es hilfreich, zu wissen, ob es Leute gab, die Benzinkanister gekauft haben, einen oder mehrere. Könnten Sie das in Ihrem System nachsehen?«

»Aber ich weiß dann ja immer noch nicht, wer es gekauft hat.«

»Sie wissen aber, wann er gekauft wurde. Damit können Sie auf die Videoüberwachung zugreifen und schauen, ob wir eine Aufnahme des Käufers bekommen, oder?« Klaas deutete dabei auf die deutlich im Raum und vor der Tür hängenden Videokameras.

»Das ist richtig, clever«, sagte der Junge.

»Danke«, meinte Klaas. »Man könnte annehmen, ich mach das beruflich, oder? Also, schauen Sie bitte mal nach den Kaufbelegen der letzten vier Wochen? Das sollte erstmal reichen.«

»Also gut«, meinte der Junge, und seine Stirn legte sich in Falten, als er auf dem Bildschirm der Kasse irgendetwas eingab.

»Also, es gab in dieser Woche einen, der hat vor zwei Tagen zwei Kanister gekauft. Moment, das ist jetzt etwas komplizierter. Die Überwachungskameras kann ich nur auf dem Rechner hinten sehen. Da können Sie nicht mitkommen. Der Chef will nicht, dass da jemand ist, der nicht vom Personal ist, und außerdem darf ich eigentlich nicht die Kasse allein lassen. Klopausen muss man sich gut einteilen hier.«

»Wie wäre es, wenn ich hierbleibe und auf eventuelle Kundschaft achte?«, fragte Klaas. »Klauen tu ich nichts.«

»Das wäre ja auch noch schöner. Wen ruf ich denn dann um Hilfe?«

»Polizei wäre in dem Fall schon da.«

»Ja, klasse«, meinte der junge Mann und verschwand durch eine Tür hinter sich.

Während Klaas wartete, überlegte er, ob er nach dieser Tankstelle noch eine ansteuern oder direkt nach Aurich fahren sollte, um Feierabend zu machen. Er hatte keine Mittagspause gemacht, und auf dem Rückweg lag ebenfalls noch eine Tankstelle.

Er sah auf sein Diensttelefon und rief die Karte der Tankstellen auf, die er abarbeiten wollte. Er hatte noch einige vor sich, bevor er den Radius erweitern wollte.

»So«, sagte der Junge und reichte Klaas einen Ausdruck und einen USB-Stick. »Hier ist die Aufnahme drauf und das ist ein Ausdruck des Gesichts des Mannes, der zwei Kanister Benzin gekauft hat. Ich hoffe, Sie können damit was anfangen.«

Klaas nahm beides entgegen. Er hatte ganz vergessen, dem jungen Mann zu sagen, dass er ihm das auch alles mailen könnte. Doch als er das Bild entgegennahm, runzelte er die Stirn. Das Gesicht kam ihm bekannt vor.

Er gab dem Mann den USB-Stick zurück. »Könnten Sie das an eine Mail-Adresse schicken, die ich Ihnen sage? Das müssen meine Kollegen sehen.«

»Oh, ist das wichtig?«

»Ja, könnte sein.«

Kapitel 10

Evert hob die Augenbrauen, als er die E-Mail sah, deren Betreff verkündete, dass sie von Klaas sei. Der Absender schien allerdings eine Tankstelle zu sein. Er öffnete den Anhang und verstand sofort, warum Klaas wollte, dass er sich das unbedingt ansah.

»Wiebke, Klaas hat eine Tankstelle in Emden gefunden, an der vor zwei Tagen spät abends zwei Kanister Benzin erworben wurden. Was denkst du, wer die gekauft hat?«

»Keine Ahnung«, sagte sie und kam zu ihm herüber, um auf den Bildschirm seines Dienstrechners sehen zu können. »Nee, das ist doch Herr Feenkamp«, meinte Wiebke.

»Sieht so aus, offenbar hat er vor zwei Tagen zwei Kanister Benzin gebraucht.«

»Interessant«, meinte Wiebke. »Wir sollten ihn mal fragen, wieso.«

Wiebke nahm das Telefon und rief die Dienstnummer von Herrn Feenkamp an. Anschließend wählte sie die Handynummer, die er ihnen gegeben hatte.

»Er ist schon zu Hause. Da er in Aurich wohnt, meinte er, wir könnten gerne vorbeikommen, wenn wir noch Fragen haben«, wiederholte Wiebke.

»Dann lassen wir ihn mal nicht warten«, sagte Evert und stand auf. Fiete, der die ganze Zeit etwas gelangweilt zu Everts Füßen gelegen hatte, sah neugierig auf.

Sie schalteten ihre Dienstrechner aus und verließen das Gebäude der Kriminalpolizei.

Nach einem kurzen Spaziergang kamen sie in die Gräfin-Anna-Straße. Dort wohnte Gaiken Feenkamp. Auf dem Parkplatz stand sein blauer Sportwagen.

Evert klingelte bei Herrn Feenkamp. Der Türsummer ertönte und ließ sie in das Treppenhaus des Mehrfamilienhauses. Feenkamp kam schon die Treppe herunter ihnen entgegen.

»Moin, was gibt es denn? Ich muss leider gleich weiter, also wäre es schön, wenn wir es kurz machen könnten?«

»Sicher. Sagen Sie, Herr Feenkamp, Sie haben vor zwei Tagen Benzin gekauft, oder?«

»Tanken tut man manchmal, wieso nicht?«

»Weil Sie zwei Benzinkanister gekauft haben, in Emden«, sagte Evert und zeigte ihm das Foto der Überwachungskamera auf seinem Handybildschirm.

»Und?«

»Wir wüssten gerne, wieso.«

»Weil ich Benzin brauchte?«, kam die etwas patzige Antwort zurück.

»Herr Feenkamp, Feiko Tamma wurde mit Benzin übergossen. Wir wüssten sehr gerne, wofür Sie vor zwei Tagen das Benzin gekauft haben. Normalerweise kauft man das Benzin, das man in sein Fahrzeug füllt, nicht im Kanister.«

»Das mag sein, aber ich habe es nicht geschafft zu tanken und dann gedacht, dass ich mit der Reserve noch bis zur nächsten Tanke komme. Das ging aber nicht. Mein Wagen ist zwei Straßen vor der Tankstelle im Norden Emdens verreckt und ich musste eben laufen. Also habe ich mir die Kanister gekauft, abgefüllt und bin zu meinem Wagen gegangen.«

»Wieso haben sie zwei gekauft? Hätte einer nicht gereicht, um es zur Tanke zu schaffen?«

»Ich musste ja so oder so laufen. Da konnte ich auch gleich ordentlich nachfüllen.«

»Haben Sie die Kanister noch?«

»Nein, die habe ich direkt weggeschmissen an der nächsten Tankstelle, nachdem ich dann vollgetankt habe. Ich wollte die nicht rumstehen haben. Die stinken mir zu sehr, da beschweren sich meine Nachbarn. Wir teilen uns ja ein Kellerabteil.«

»Haben Sie noch einen Beleg für die Tankstelle, an der Sie danach waren?«

»Nein, ich bin dann erstmal nach Hause gefahren und habe dann in Aurich getankt, hier um die Ecke, aber erst am nächsten Mittag. Verdächtigen Sie mich etwa, Herrn Tamma angezündet zu haben?«

»Hätten Sie denn einen Grund gehabt?«

»Nein, das ist lächerlich, und das muss ich mir nicht antun. Ich habe versucht, den Kerl auf den richtigen Weg zu führen. Sie müssen mir hier nicht mit moralischem Hochmut kommen. Ich denke mal, das war es jetzt, oder?« Er ging zur Haustür. »Ich will dann auch weiter. Einen schönen Tag Ihnen beiden noch.«

Bevor sie sich verabschieden konnten, war er hinausgegangen und zu seinem blauen Auto. Er schloss auf, stieg ein und fuhr sofort los.

»Ihnen auch«, meinte Wiebke. Sie sah zu Evert. »Der hatte es aber eilig.«

»Ja, ich hatte auch das Gefühl, dass es ihm unangenehm war, darüber zu reden.«

»Aber wir können ihm kaum nachweisen, dass seine Geschichte nicht stimmt.«

»Wir sollten uns nochmal seine Unterlagen und die von Feiko Tamma ansehen. Ich habe irgendwie das Gefühl, dass es da noch mehr gemeinsame Geschichte geben muss, als wir bisher gedacht haben.«

Die beiden gingen zur Polizeiwache zurück und machten sich an die Arbeit.

Evert war sich recht sicher, dass Gaiken Feenkamp nicht die Wahrheit sagte, doch war es nicht einfach, das Gegenteil zu beweisen. Er rief Klaas an und bat ihn zu überprüfen, ob der Tankstellenmitarbeiter vielleicht gesehen hatte, ob Herr Feenkamp zu Fuß oder mit dem Auto an der Tankstelle gewesen war, um die Kanister abzuholen. Klaas versprach, mit diesem zu sprechen.

Während Wiebke sich die alten Fallakten von Gaiken Feenkamp ansah, beschäftigte sich Evert weiter mit dem Notizbuch von Feiko Tamma und dem inzwischen vom Kriminaltechnischen Dienst freigeschalteten Laptop. Schweigend arbeiteten die beiden weiter vor sich hin.

Klaas meldete sich. Der Mitarbeiter der Tankstelle, der nachts Gaiken Feenkamp abgerechnet hatte, konnte sich nicht erinnern, ob er mit seinem Auto oder zu Fuß da gewesen war. Leider war es aus dem Erfassungsbereich der Außenkamera ebenfalls nicht erkennbar gewesen.

»Das ist ja spannend«, meinte Wiebke.

»Was hast du gefunden?«

»Ich habe in der Akte von Feiko Tamma nichts Besonderes gefunden, aber ich habe mir mal aus Neugierde die früheren Fallakten von Gaiken Feenkamp angesehen. Ein anderer seiner Schützlinge ist ebenfalls gestorben.«

»Denkst du, dass es kein Zufall war?«

»Na ja, es ist laut Akte ein Autounfall gewesen, soweit ich das sehe. Jens Sanderling starb vor drei Jahren in Emden, weil die Bremsen seines Autos versagten.«

»Das ist möglicherweise aber nur ein Zufall«, meinte Evert nachdenklich. »Trotzdem irgendwie unangenehm, dass es schon zwei Tote im Zusammenhang mit Herrn Feenkamp gibt, beides ehemalige Schützlinge von ihm.«

»Ja, Herr Sanderling hatte eine Akte, die der Feiko Tammas in nichts nachsteht: mehrere Gewaltdelikte, Fahren ohne Führerschein und viel Kleinkriminalität. Dazu kommen aber auch noch zwei versuchte Vergewaltigungen, allerdings mit Freispruch im Sinne der Anklage, müsste ich mich mal einlesen.«

»Du meinst, wir sollten diesen Fall mal genauer ansehen, weil der verbindende Punkt Feenkamp ist?«

»Na ja, dass ihm zwei Schützlinge wegsterben, finde ich ungewöhnlich. Beide Male waren es schwere Jungs, die vorher mehrere andere Betreuer hatten«, sagte Wiebke. »Aber Jens Sanderlings Witwe wohnt noch in Leer, laut meiner kurzen Onlinerecherche. Ich finde, wir sollten zumindest mal mit ihr reden.«

Evert sah auf die Uhr. »Na, probieren wir es«, meinte er. Er teilte zwar Wiebkes Verdacht bezüglich Gaiken Feenkamp, aber was dessen früheren Schützling anging, war er sich nicht sicher, ob sie da nicht in die falsche Richtung ermittelten.

Sie schalteten ihre Dienstrechner aus und gingen zum Wagen der Fahrbereitschaft. Die Fahrt nach Leer dauerte eine gute Stunde im Feierabendverkehr. Sie fuhren über die kleineren Seitenstraßen, da es einen Unfall gegeben und sich darum eine Menge Rückstau gebildet hatte.

Als sie schließlich gegen sechs Uhr in Leer ankamen, hatte sich der Feierabendverkehr längst gelichtet. Sie bogen in die Okko-ten-Broek-Straße ein. Hier reihten sich mehrere Dutzend Mehrparteienhäuser aneinander, die laut ihren Schildern alle zum Bauverein Leer gehörten.

Evert und Wiebke stiegen aus, nachdem sie auf einem freien Parkplatz gehalten hatten. Während Evert seinen Hund aus dem Kofferraum ließ, bemerkte er auf der vor dem Haus liegenden Wiese zwei Kinder, die sich einen Fußball hin und her schossen.

Fietes Kopf bewegte sich passend zur Bewegung des Balls. Er begann zu wedeln und sah erwartungsvoll zu Evert.

»Nein, aber später vielleicht«, meinte der Ermittler.

Sie gingen zur Haustür und klingelten bei Sandra Sanderling.

Es dauerte nicht lange, und der Türsummer machte ein vibrierendes Geräusch. Sie betraten das Treppenhaus. Aus dem oberen Stockwerk herab sah sie eine Frau mit dunklen Haaren an. Evert schätzte sie auf Anfang vierzig. Ihre Locken waren zu einem unordentlichen Zopf gebunden.

»Moin«, sagte sie und es klang nach einer Frage.

»Moin«, sagte Evert. »Sie sind Sandra Sanderling?«

»Ja, und Sie sind?«

»Evert Brookmer, Kriminalpolizei Aurich«, sagte der und stellte sich und seine Kollegin vor. Dabei ging er, gefolgt von Wiebke und Fiete, die Treppe zu Frau Sanderling hoch.

Die verschränkte die Arme vor der Brust und zog das Tuch enger, das sie um die Schultern liegen hatte. »Was wollen Sie?«

»Wir würden Ihnen gerne ein paar Fragen zu Ihrem verstorbenen Mann stellen. Es tut uns leid, dass wir Sie damit belästigen müssen, doch Sie würden uns eine große Hilfe leisten, wenn Sie ein paar Minuten erübrigen könnten.«

»Ist was passiert? Ich kann Ihnen zu Jens nicht viel Neues sagen, wissen Sie? Er ist schon eine Weile tot.« Sie fasste unwillkürlich mit der Hand an ihren Hals.

»Das wissen wir, aber es haben sich Fragen bezüglich seines Ablebens ergeben, die wir gerne überprüfen möchten.«

Sie seufzte. »Na gut«, meinte sie. Sie ging zu ihrer Wohnungstür, und die beiden Ermittler folgten ihr.

»Stört es Sie, wenn mein Hund mit hereinkommt?«, fragte Evert.

»Wenn er sich zu benehmen weiß, stört so ein schöner Hund nicht«, meinte sie. Fiete lief neben Evert her und begann zu wedeln, während er ihm in die Wohnung folgte, als hätte er die Frau verstanden.

Nach einem kurzen Hausflur gingen sie linker Hand durch eine angelehnte Tür in ein Wohnzimmer mit leichter Dachschräge. Eingenommen wurde ein Großteil des Raums von einem schwer und massiv wirkenden Buffetschrank, der alt aussah und dessen Ecken ein wenig abgesplittert waren. Ein breites Sofa, das zu groß für den Raum war, stand einem kleinen Fernseher gegenüber. Frau Sanderling deutete dorthin und sagte: »Bitte setzen Sie sich. Ich hole mir einen Stuhl aus der Küche.«

Während sich Evert und Wiebke setzten, brachte Sandra Sanderling einen Holzstuhl herein und stellte ihn vor den Fernseher gegenüber dem Sofa hin. »Kann ich Ihnen etwas anbieten?«

»Nein, danke«, sagte Evert, und Wiebke schüttelte den Kopf.

»Also gut, was ist mit Jens? Gibt es irgendwelche Forderungen gegen ihn?«

»Nein, wie kommen Sie darauf?«, erkundigte sich Wiebke.

»Weil er immer irgendwas geklaut hat. Ich habe kein Erbe angetreten, auch wenn er mir alles vermacht hat, aber ich wollte keine Ansprüche erben, die dann jemand gegen mich durchsetzen wollen würde. Da wären sie aber dann an der falschen Adresse bei mir.«

»Keine Sorge, darum geht es nicht. Wir wüssten gerne mehr zu Ihrem verstorbenen Mann und den Umständen seines Todes.«

»Das ist doch drei Jahre her, was interessiert Sie daran jetzt noch? Es war ein Unfall. Er ist tot. Ihre Kollegen sagten damals, dass es ein Unfall war. Stimmt das etwa nicht?«

»Wir gehen zum jetzigen Zeitpunkt nicht davon aus, dass es anders war«, versuchte Evert sie zu beruhigen. »Aber beschreiben Sie uns doch bitte Ihren verstorbenen Ehemann.«

»Er war ein Arschloch«, sagte sie. Erneut berührte sie mit einer Hand ihren Hals und strich sanft darüber. »Meine Eltern wollten nicht, dass ich ihn heirate. Sie sagten, er bringt Ärger, und da hatten sie recht. Er wurde immer schlimmer mit den Jahren. Mehrmals musste ich ihn im Gefängnis besuchen! Das war furchtbar. Er hat mir nichts erspart. Ich habe geweint um ihn, weil er im Gefängnis war, weil ich im Gericht mit anhören musste, was er machte …« Sie schluckte schwer und verschränkte die Arme vor der Brust. Es wirkte auf Evert ein wenig so, als würde sie sich selbst in den Arm nehmen.

»Es war also sehr schwer, mit ihm zusammenzuleben«, fasste Wiebke zusammen. »Wie kam es zu seinem Tod?«

»Er hatte einen Unfall. Das wissen Sie doch sicherlich aus der Akte.«

»Ja«, sagte Wiebke, »aber beschreiben Sie trotzdem bitte einmal aus Ihrer Sicht, was geschah.«

»Er war ein zusehends verbitterter Mann«, sagte sie. »Er hat mich geschlagen, erst nur selten, aber mit den Jahren immer mehr, und ich blöde Kuh habe auch noch gedacht, es ist meine Schuld, weil ich ihn wütend mache! Er hat damals angefangen, sehr viel zu trinken. Er wollte sich dann immer rächen.«

»An wem?«

»An allen, jedem Einzelnen, der ihn schlecht behandelt hat. Dann hat er besoffen einen Unfall gehabt. Die Bremsen seines Autos haben versagt und er ist vor einen Baum gefahren. Er war tot – einfach so.« Ihre Unterlippe zitterte. »Ich war ein bisschen froh«, sagte sie, und ihre Wangen wurden rot. »Das hat mich so sehr erschreckt. Man sollte doch nicht froh sein, dass ein Mensch tot ist. Er hatte ja auch gute Seiten, wissen Sie? Er konnte richtig charmant sein. Doch ich war froh, dass es vorbei war. Ich wusste, dass man mich so nicht behandeln sollte. Doch darf man froh sein, dass ein Mensch tot ist?« Sie schüttelte den Kopf, um den Gedanken zu verscheuchen. »Ich habe ihm manches Mal den Tod gewünscht. Als es dann passierte …«

»Ein Fremdverschulden wurde damals ausgeschlossen«, sagte Wiebke. »Es war einfach Pech.«

»Ja, aber vielleicht habe ich ihm ja auch den Tod gewünscht.«

»Das ist vollkommen nachvollziehbar, schaltet aber keine Bremsen aus. Es ist nicht Ihre Schuld.«

»Ich weiß.«

»Erinnern Sie sich daran, ob er einen Mann namens Gaiken Feenkamp kannte?«

»Ja, ja, sicher. Das war dieser gut gebaute Typ, der als Sozialarbeiter für Jens zuständig war, als der aus dem Gefängnis kam. Er hat ihn fast sieben Jahre betreut, seit seinem ersten kurzen Gefängnisaufenthalt. Er hat versucht, uns staatliche Hilfe für Fortbildungen zu besorgen, Jens in Arbeit zu bringen und alles.« Sie schüttelte den Kopf. »Es hat ja alles nichts genützt. Ich habe mich angestrengt und gearbeitet, und Jens saß den Tag zu Hause und beklagte sich, wenn mal etwas kaputt ging und wir kein Geld hatten. Dabei hatten wir Geld! Er hat es nur versoffen. Er nannte das Arbeiten gehen! Dabei hat er den halben Abend mit seinen Jungs in der Eckkneipe gehangen, Dart gespielt und die Kellnerin angegraben. Ich wusste genau, dass die eine Kellnerin ihn mochte, und gegen ein hohes Trinkgeld …« Sie biss die Lippen zusammen, als würde sie die nächsten Worte nicht aussprechen wollen.

»Kamen Herr Feenkamp und Ihr Mann gut zurecht?«

»Nein, Herr Feenkamp war, glaube ich, irgendwann sehr besorgt. Ich habe mit ihm immer über alles geredet. Ich habe ihm auch gesagt, als Jens anfing, im Suff davon zu reden, es allen heimzuzahlen, und dann begann, Namen von Leuten zu nennen, die ihm dieses oder jenes angeblich angetan hätten. Er hat sogar manchmal im Halbschlaf davon geredet, was er ihnen antun wollte! Das war nicht schön, ich habe dann Albträume davon bekommen.«

»Sie haben Herrn Feenkamp davon erzählt, und er hat nichts gemacht?«

»Er meinte, da kann man erstmal nichts machen. Zu verkünden, dass man es allen heimzahlt, und im Schlaf zu reden, sei nichts, für das er eine Handhabe habe. Er teilte meine Sorgen bezüglich Jens und wirkte damals sehr frustriert. Aber er hat mir gut zugeredet. Er war sehr nett. Er meinte, es würde alles besser, ich müsste nur noch ein bisschen ausharren. Irgendwann käme ein Licht am Ende des Tunnels und … das kam dann ja auch.« Sie schniefte und holte aus ihrer Jeanstasche ein Taschentuch.

Damit schnäuzte sie sich. »Ich hatte echt Angst, dass mir Jens auch mal was antun würde. Doch das tat er nicht. Herr Feenkamp hatte schon recht, es wurde dann alles besser. Er war sehr nett, hat mich nach der Beerdigung sogar mal besucht und nach dem Rechten geschaut. Er hat mir nach Jens' Tod Blumen mitgebracht. Wissen Sie, dass es die ersten Blumen waren, die ich in über zehn Jahren bekommen habe? Nur für mich, einfach so ein Strauß Blumen.« Sie lächelte traurig bei diesen Worten.

»Haben Sie vielen Dank für Ihre Zeit«, sagte Wiebke.

»War es das schon?«

»Ja, tut uns sehr leid, dass wir vielleicht in alten Wunden gerührt haben, aber wir müssen einigen Routinedingen nachgehen«, sagte die Ermittlerin ausweichend.

Frau Sanderling schnäuzte sich erneut. Fiete trat zu ihr und sah sie neugierig an. Sie lächelte und strich dem Labrador Retriever über den Kopf. »Du bist aber weich«, meinte sie. »Jens wollte nie einen Hund. Die würden nur Geld kosten und Dreck machen. Dabei war das bei Jens genauso.«

Fiete ließ sich den Kopf kraulen.

Einige Minuten saßen sie schweigend da. Wiebke warf Evert einen Blick zu. Dann fragte sie: »Sie haben also mit Herrn Feenkamp über alles geredet und er meinte, es würde besser?«

»Ja, er hatte immer einen gewissen Optimismus. Sonst könnte er wohl gar nicht so als Sozialarbeiter für die Stadt arbeiten. Das gehört wohl dazu.« Sie sah an den beiden Ermittlern vorbei auf eine Uhr, die an der Wand hing. »Haben Sie denn noch Fragen? Gleich kommt meine Sendung.« Ihre Stimme machte deutlich, dass sie die keinesfalls verpassen wollte.

»Nein, das wäre erstmal alles«, sagte Wiebke.

»Hier haben Sie noch unsere Karte.« Evert reichte ihr eine. »Darunter können Sie uns jederzeit erreichen, wenn Ihnen noch etwas einfällt.«

»Was denn zum Beispiel?«

»Ein Detail, das damals passierte und Ihnen heute wichtig erscheint«, meinte Wiebke schulterzuckend. »Das kann alles Mögliche sein.«

»So so«, machte Frau Sanderling und nahm die Karte entgegen.

Dann standen Wiebke und Evert auf und verabschiedeten sich von Frau Sanderling. Die brachte sie noch zur Tür, strich Fiete erneut über den Kopf und schloss dann ihre Wohnungstür.

Als Evert und Wiebke draußen auf der Straße waren, meinte Evert: »Das kann doch kein Zufall sein.«

»Du denkst, dass Feenkamp früher bereits gemordet hat? Aber wie soll er für den Unfall verantwortlich sein?«

»Du hast doch seinen Oldtimer gesehen, der kennt sich sicher mit Autos aus.«

»Ich denke doch sehr, dass das Abbo ein wenig dünn für einen Haftbefehl ist.«

Evert musste lächeln, als Wiebke das sagte. Ihr Vorgesetzter, Abbo Tichels, würde das keinesfalls als ausreichend empfinden, das war ihr offenbar klar. Das wusste auch Evert, trotzdem hatte sie ihn daran erinnern wollen.

»Der Fall ist im Zusammenhang mit dem Mord an Feiko Tamma schon verdächtig«, sagte er. »Aber die Indizienkette ist sehr dünn.«

»Dann müssen wir sie eben ausbauen«, sagte Wiebke. »Wir sollten morgen nochmal alles durchgehen, was wir zu dem Mordfall haben, um zu sehen, wo mögliche Verbindungspunkte mit Gaiken Feenkamp sind. Wenn wir dabei was finden, machen wir in die Richtung weiter, wenn nicht, nicht.«

»Du bist noch nicht voll überzeugt?«, fragte Evert.

Sie zögerte. »Ich denke, es ist verdächtig, dass Gaiken Feenkamp das Benzin gekauft hat. Es ist aber nicht unmöglich, was er uns erzählte. Gleichzeitig hat er als sein Bewährungshelfer kein richtiges Motiv, ebenso wenig damals für den Unfall Sanderlings. Auf der anderen Seite hat Feiko Tammas Bruder mit dem Großinvestor ein sehr starkes Motiv. Dazu kommt, dass jemand wie Tilo Tamma einfach Benzin auf dem Hof haben kann, für einen Traktor oder eine Maschine.«

»Ja«, murmelte Evert nachdenklich. »Kann schon sein.«

Kapitel 11

Evert war früh ins Büro gekommen, um nochmal zu schauen, ob er nicht eine Verbindung zwischen Sanderling, Feenkamp und Tamma finden konnte. Das Gespräch vom letzten Abend hatte ihn nicht mehr losgelassen. Sandra Sanderling hatte Gaiken Feenkamp geradezu um Hilfe gebeten, und dann war ein Wunder geschehen. Doch warum hätte Herr Feenkamp das Risiko eines Mordes auf sich nehmen sollen? Nur um ihr einen Gefallen zu tun?

»So früh schon bei der Arbeit?«, sagte Abbo Tichels und klopfte gleichzeitig einmal an der offen stehenden Tür des Großraumbüros. Der neben Evert auf dem Boden liegende Fiete hob verdutzt den Kopf. Der schwarze Labrador Retriever war offenbar eingeschlafen. Jetzt trottete er vorsichtig zu Abbo, der bis vor Everts Schreibtisch getreten war. Er trug in der einen Hand seine lederne Aktentasche und in der anderen hatte er sein Nadelstreifenjackett, das er nun über den Arm mit der Tasche legte.

Polizeirat Abbo Tichels war meistens im Nadelstreifenanzug anzutreffen. Evert hatte über die Zeit bemerkt, dass die Anzüge sich im Schnitt und der Breite der Streifen unterschieden, doch hatte er Abbo noch nie in anderer Kleidung gesehen. Sein Vorgesetzter behandelte diese Anzüge wie seine Dienstuniform.

»Ich habe gestern mitbekommen, dass eine Meldung für die Presse rausgegangen ist. Wie steht es um den Fall?«

»Es geht so«, gestand Evert. »Es läuft leider schleppend.« Er erzählte, was sie bisher so in Erfahrung gebracht hatten. Währenddessen kam Wiebke auch ins Büro, grüßte kurz und ließ Evert dann seinen Bericht beenden.

Als der fertig war, sah Abbo zu Wiebke. »Hast du noch was zu ergänzen?«

»Nein, bisher nicht«, sagte sie. »Ich denke nur, dass der Bruder ein deutliches Motiv, die Gelegenheit und die Tatwaffe gehabt hat.«

»Tilo Tamma könnt ihr aber schwerlich verhaften, nur weil er die Gelegenheit hatte«, meinte Abbo. »Das wird die Staatsanwaltschaft im Dreieck springen lassen. So ein Prozess kann sich ewig hinziehen und ist sehr riskant. Es gibt keine erhärtbaren Verdachtsmomente für Tilo Tamma. Ich verstehe zwar, warum du ihn verdächtigst, aber so reicht das nicht.«

»Wir arbeiten dran«, meinte Wiebke.

»Das will ich hoffen«, sagte Abbo. »Ich muss auch noch weiter. Haltet mich auf dem Laufenden, wenn ihr etwas Handfestes besitzt, dann können wir weitersehen.« Er verabschiedete sich von ihnen und verließ das Büro.

Während Wiebke noch einmal durchsah, was sie zu Tilo Tamma hatten herausfinden können, sah sich Evert das Notizbuch von Feiko Tamma an. Inzwischen war er ein Stück weiter.

Feiko Tamma hatte mit den teils sehr kryptischen Abkürzungen und Zahlen in seinem Notizbuch offenbar Termine aufgeschrieben. Evert hoffte nun, darüber vielleicht noch etwas über die Kontakte des Verstorbenen zu erfahren. Aber es gab ein Problem. Bisher war keine der Personen leicht identifizierbar gewesen. Tamma hatte alle nur mit Vornamen oder abgekürzten Vornamen aufgeschrieben.

Evert runzelte die Stirn. Ihm war etwas eingefallen. Er öffnete nochmal die Akte von Jens Sanderling. Der Unfall ließ ihn nicht mehr los. Er wollte sie zumindest noch einmal Schritt für Schritt durchgehen, damit ihm nichts entgangen war.

Da war es: Der Name der Autowerkstatt, in der Jens Sanderling sein Auto vor dem Unfall hatte warten lassen, hieß Hesels. Sie befand sich in einem kleinen Ort östlich von Leer. Evert sah sich noch einmal der Unterlagen an, die sie über Gaiken Feenkamp hatten. Evert hatte dessen Profil auf einer Internetseite gefunden, auf der auch dessen Werdegang mit wichtigen Stationen tabellarisch einsehbar war. Evert fand die Autowerkstatt dort wieder! Der Name war ihm gleich bekannt vorgekommen. Gaiken Feenkamp hatte einige Jahre nach der Schule zuerst als Automechatroniker gearbeitet, brach dieseTätigkeit dann aber ab und wurde Sozialarbeiter. Seine Ausbildung aber hatte er in einer Autowerkstatt namens Hesels gemacht.

Er kontrollierte die Akte zu Jens Sanderling. Der Gutachter hatte bescheinigt, dass die Bremsen hätten ausgetauscht werden müssen und in einem schlechten Zustand gewesen waren. Die Werkstatt hatte damals laut Protokoll keine Verantwortung übernehmen wollen, weil lediglich ein Reifenwechsel auf Sommerreifen hatte durchgeführt werden sollen. Sie hätten keine allgemeine Durchsicht gemacht, weil der Kunde das nicht haben und dafür kein Geld ausgeben wollte. Nach allem, was die Ermittler damals über Jens Sanderling in Erfahrung gebracht hatten, war das Geld tatsächlich knapp gewesen.

»Ich bin nicht ganz überzeugt, dass das damals wirklich ein Unfall war«, meinte Evert schließlich.

»Wieso?«

»Wusstest du, dass Jens Sanderling in der Werkstatt seine Reifen hatte wechseln lassen, in der Gaiken Feenkamp mal Mechatroniker gelernt hat? Der Reifenwechsel war am Tag vor dem Unfall.«

»Und das Gutachten?«

»Sagt nur, dass die Bremsen nicht in einem guten Zustand waren, dazu Defekte an der Lenkung. Der Gutachter kann Fremdverschulden nicht ausschließen, hält es aber für unwahrscheinlich.«

»Also eine Schrottkarre, die einen Unfall hatte.«

»So kann man es sagen. Wäre da nicht der Zusammenhang mit Gaiken Feenkamp.«

»Der zu dem Zeitpunkt aber schon einige Jahre nicht mehr bei der Autoreparatur gearbeitet hat«, gab Wiebke zu bedenken.

»Aber es ist eine Verbindung.«

»Eine Frage wären dann aber angebracht, Evert.«

»Und zwar?«

»Was ist das Motiv in beiden Mordfällen?«

»Da habe ich eine Idee.«

Wiebke sah ihn neugierig an.

»Frau Sanderling hat ihn gebeten. Sie hatte Angst vor ihrem Mann, und es bestand die Gefahr, dass er irgendwann weitere Verbrechen begeht. Was, wenn Herrn Feenkamps Gerede über Feiko Tamma nur genau das war? Gerede, um uns abzulenken.

Wenn er dachte, Feiko Tamma wird wieder straffällig, oder erfahren hat, dass er wirklich was geplant hatte?«

»Und dann Richter und Henker in einer Person spielte?«

»Wäre das so abwegig?«

Wiebke verzog den Mund etwas unzufrieden. »Ich weiß nicht so recht.«

»Lass uns mal mit den Leuten von der Werkstatt reden.«

»Ich habe irgendwie das Gefühl, du verrennst dich da.«

»Okay, nach dem Gespräch lassen wir den Ermittlungsansatz, sollte da nichts rauskommen.«

»Also gut, immerhin hat Feenkamp wirklich vor der Tat Benzin gekauft. Sprechen wir mal mit den Werkstatt-mitarbeitern.«

Kapitel 12

Sie fuhren mit dem Dienstwagen nach Nortmoor im Osten von Leer. Dort lag die Autowerkstatt Hesels.

Als sie dort auf den Parkplatz fuhren, standen bereits mehrere Fahrzeuge dort. Eine große Werkhalle hatte ihre Tore offen und in drei Einfahrten waren Leute an Autos, die auf Hebebühnen standen, am Arbeiten.

Evert ließ Fiete aus dem Auto und nahm ihn an die Leine. Dann gingen sie zu der Tür, auf der Anmeldung stand. Dahinter fand sich ein kleines Büro, in dem allerdings niemand saß. Während die Tür auf- und zuging, ertönte irgendwo in den Tiefen der Werkstatt ein schriller Ton, der durch die angelehnte Tür im Raum, die offenbar in die Werkstatt führte, schwach zu hören war. Auf der Tür stand der Hinweis: »Warten Sie!«

Nach einigen Augenblicken ging sie auf. Ein Mann betrat den Raum. Seine blaue Latzhose spannte sich über einen dicken Bauch. Sein Kopf war vollkommen kahl und seine dünnen Augenbrauen waren an einer Stelle deutlich durch eine kleine helle Narbe unterbrochen.

»Moin«, sagte er breit und wischte sich die schmutzigen Hände an einem Lappen ab, den er aus seiner Brusttasche zog. Nachdem seine Hände durch das Wischen weder sauberer noch dreckiger geworden zu sein schienen, steckte er den Lappen weg.

»Moin, Kripo Aurich«, sagte Evert und stellte sich und seine Kollegin vor. »Wir würden gerne den Chef sprechen.«

»Der steht vor Ihnen. Walter Hesels hat den Laden gegründet, ich bin sein Schwiegersohn Alko und leite ihn seit fünfzehn Jahren. Was gibt es denn?«

»Wir hätten ein paar Fragen zu einem Todesermittlungsverfahren, das schon einige Jahre zurückliegt.«

»Ach? Tja, das ist ja was. Sagen Sie, frischen Sie mal meine Erinnerung auf, worum ging es?«

Evert war sich nicht sicher, aber er hatte das Gefühl, dass er genau wusste, welchen Fall er meinte. Dennoch erklärte er: »Es ging um die Bremsen von Herrn Sanderling. Der war vor drei

Jahren bei Ihnen zum Reifenwechsel, später versagten seine Bremsen, und er starb bei dem daraus resultierenden Unfall. Möglicherweise fuhr jemand dicht auf sein Fahrzeug auf, er wollte bremsen und verlor die Kontrolle wegen der defekten Bremsen.«

»Aha. Und was hatten wir damit zu tun?«

»Sie stehen mit in der Akte, Ihre Werkstatt hat vor dem Unfall einen Reifenwechsel bei Herrn Sanderling durchgeführt.«

»Ich erinnere mich vage. Das Gutachten bescheinigt uns, dass wir keinen Mist gebaut haben. Der Mann wollte, glaube ich, keine Wartung.«

»Sie erinnern sich an den Fall?«

»Vage.«

»Kennen Sie einen Feiko Tamma?«

»Nein, den Namen habe ich noch nie gehört.«

»Kennen Sie einen Gaiken Feenkamp.«

Ein Muskel am linken Auge von Herrn Alko Hesels zuckte leicht. »Feenkamp, Feenkamp. Ich weiß es nicht, das ist so ein Allerweltsname. Könnte auch ein Dorf sein.«

»In dem Fall ist es aber ein Mann. Sie kennen ihn nicht?«

»Doch, vielleicht.«

»Hat er nicht mal bei Ihnen gearbeitet?«

»Wenn Sie das sagen. Ich weiß doch nicht von jedem Lehrling bei mir noch nach fünfzehn Jahren die Namen.«

»Könnten Sie nochmal in Ihre Unterlagen sehen und sich versuchen zu erinnern?«, fragte Evert, der das Gefühl hatte, dass sein Gegenüber seinem Blick auswich.

»Ich sag doch, ich weiß es nicht. Ich kenne den Herrn Feenkamp nicht, und wenn doch, dann ist es mir entfallen.«

»Also gut. Wir ermitteln im Fall Jens Sanderling, weil ein möglicher Zusammenhang mit dem Tod von Feiko Tamma besteht. Es tut uns leid, dass wir Sie belästigt haben, aber möglicherweise gibt es mehrere Todesfälle, die zusammenhängen. Da bleibt es nicht aus, dass man alte Geschichten aufrollt.«

»Ach, da ist heute einer tot?«

»Ja.«

Herr Hesels wirkte sehr nachdenklich.
»Nun, wir gehen dann wieder«, sagte Evert. »Noch einen schönen Tag.«
Er sah, dass Alko Hesels nachdachte, und es war das Nachdenken eines Mannes, der entscheiden wollte, was er preisgab. Durch seine Verabschiedung wollte Evert den Mann dazu bringen, sich schneller zu entscheiden. Sollte er reden wollen, wäre seine Gelegenheit gleich weg.
»Ja, ja«, murmelte Alko Hesels. Als sich Wiebke und Evert abwandten und zur Tür gehen wollten, sagte er plötzlich: »Moment.«
»Ja?«
»Also, der Feenkamp wird verdächtigt, zwei Leute umgebracht zu haben?«
»Das haben wir nicht gesagt. Wir ermitteln lediglich in unterschiedliche Richtungen und möchten sehen, ob es einen Zusammenhang zwischen dem Tod von Herrn Sanderling und Herrn Feenkamp gab«, sagte Evert.
Alko Hesels musterte ihn genau. »Nee, Sie wissen doch was«, meinte er dann.
»Was könnte ich denn wissen?«
Alko Hesels leckte sich über die Lippen. »Straftaten verjähren, oder?«
»Das tun sie, ja.«
»Wann denn so?«
»Das richtet sich danach, was jemand getan hat. Allerdings ist Reue und Geständigkeit ein großer Vorteil, wenn man befürchtet, dass eine Straftat versehentlich oder aus Angst verschwiegen wurde«, sagte Evert.
Alko Hesels nickte. »Ja, ja, das wäre möglich«, meinte er.
»Was wäre möglich?«
»Also, ich kann Ihnen nichts zu dem Mann sagen, der jetzt tot ist. Aber ich weiß was zu Jens Sanderling.«
»Den Vornamen von Herrn Sanderling haben wir nicht erwähnt.«
»Nein, aber ich weiß, worum es geht. Ich kann mich daran erinnern, weil es mir nie so richtig aus dem Kopf ging.« Er

seufzte. »Ich habe nichts mit seinem Tod zu tun, aber ich befürchte, dass … Sie wissen, wie es passiert ist, oder?«

»Was denken Sie?«

»Na ja, der Gaiken war früher ein richtig guter Lehrling und hat auch noch lange nach seiner Zeit hier, als er schon dauerhaft als Sozialarbeiter gearbeitet hat, bei uns mal schwarz ausgeholfen. Ich habe ihm gutes Geld gegeben, und zu den Stoßzeiten vor den Sommerferien und so haben wir echt viel zu tun. Alle wollen den Wagen durchgeprüft wissen vor der Urlaubsfahrt, schleppen zum ersten Mal seit Jahren den Wohnwagen hier an und wollen jetzt aber sofort neue Reifen, um in den Urlaub fahren zu dürfen … Da braucht man mal jedes Paar Hände, das fähig ist.«

»Hat Herr Feenkamp auch damals ausgeholfen, als Herr Sanderling seine Reifen wechseln ließ?«

»Ja, hat er.«

»Sie haben das der Polizei nicht gesagt?«

»Nein, weil der Gaiken … Also, ich bin inzwischen geschieden. Damals war ich es nicht. Ich habe in die Familie Hesels eingeheiratet, wissen Sie? Das hier ist gegründet worden vom Vater meiner Frau. Und meine Frau und ich, das lief damals nicht so gut. Ich habe da halt noch eine gute Freundin gehabt, wenn meine Frau zu schwierig war.«

»Was hatte das mit Herrn Feenkamp zu tun?«

»Der hat das rausbekommen, da war er noch in der Lehre. Ich habe damals Geld an ihn abdrücken müssen, damit er den Mund hält. Aber als er dann später herkam, um für mich schwarz zu arbeiten, da war das eigentlich keine große Sache mehr. Die Scheidung lief noch, und plötzlich passierte dieser Unfall. Ich habe ihn gefragt, weil er zuletzt am Wagen war, und er hat mir gesagt: Wenn ich nicht verschweige, dass er da war, dann erzählt er alles, was er über mich weiß. Das Problem ist nur, damals lief der Sorgerechtsstreit mit meiner Frau. Ich wollte nicht, dass sie weiß … also meine Geliebten waren alle deutlich jünger als sie, und eine, die war eine Freundin von ihr. Von der wusste sie nichts. Aber wenn sie das gewusst hätte, hätte sie nie zugestimmt, dass ich die Familienwerkstatt bekomme und sie die Kinder. Sie war in der besseren Position, sie hätte mir das alles hier kaputtmachen können. Ich wollte nicht riskieren, dass der Gaiken … Außerdem meinte er, dass er keinen Mist gebaut hat! Er hat es mir geschworen. Das mit dem Sanderling war ein Unfall, es war eben eine Schrottkarre. Ich habe das auch geglaubt. Ich wollte das glauben.«

»Aber jetzt nicht mehr.«

»Als Sie das gerade ansprachen … Das heißt, dass es noch einen Todesfall beim Feenkamp gab, oder, dass mein Schweigen einen anderen Mann … das Leben gekostet hat?«

»Es wäre möglich.«

»Das ist furchtbar. Ich … das tut mir wirklich leid. Gaiken hat immer gesagt, um den Sanderling ist es nicht schade. So wie er das gesagt hat, das hat mich immer misstrauisch gemacht, ob es wirklich ein Unfall war. Aber ich dachte nicht, dass er … dass er dazu fähig wäre …«

»Sie helfen, es heute wiedergutzumachen, indem Sie verhindern, dass er mit einem weiteren Mord durchkommt. Sie bestätigen also, dass Gaiken Feenkamp das Auto von Jens Sanderling damals manipuliert haben könnte?«

»Ja, das hätte er gekonnt. Die Karre war alt, und da kann man es leicht so aussehen lassen, als wäre einfach was kaputtgegangen.«

»Wir brauchen diese Aussage später noch einmal amtlich bei uns auf der Wache in Aurich«, sagte Wiebke.

»Aber erstmal reicht uns das mündlich«, sagte Evert und sah zu seiner Kollegin. »Wir können uns da nach Ihnen richten. Wir sollten erstmal noch woanders hin.«

Wiebke erwiderte seinen Blick und nickte. »Ja«, meinte sie.

Evert reichte dem Mann seine Karte. Dann besprachen sie, wann er später nach seiner Arbeit auf die Polizeiwache kommen würde, um seine Aussage zu Protokoll zu geben.

»Bekomme ich dann auch Ärger?«, fragte er.

»Das hängt davon ab, ob der Fall wirklich komplett neu aufgerollt wird. Aber es ist anzunehmen, dass Ihre Schuld geprüft wird. Doch wir werden sehen, ob wir uns nicht bei der Staatsanwaltschaft für Sie einsetzen können.«

»Danke«, sagte der Mechaniker und schniefte. Er wirkte, als würde er sich die Tränen verkneifen.

»Sie tun das Richtige«, versicherte ihm Evert.

Der Mann nickte. »Ich weiß«, sagte er. »Ich habe lange genug mit dem Falschen gelebt.«

Evert und Wiebke verabschiedeten sich und gingen zurück zum Auto.

»Ich telefoniere eben mit Abbo«, sagte Wiebke. »Wir haben immerhin den Beweis, dass Gaiken Feenkamp in einem anderen Mordfall schwer verdächtig ist. Gegebenenfalls können wir ihn zumindest vorläufig festnehmen in dieser Sache, und er gesteht auch in der anderen.«

»Oder wir schaffen es, eine Durchsuchung zu erwirken«, meinte Evert. »Verhandle du mal mit Abbo darüber, was wir wohl von der Staatsanwaltschaft erwarten dürfen. Ich gehe mit dem Hund ein paar Schritte.«

Wiebke nickte, als sie ihr Telefon schon aus der Jackentasche zog.

Während sie im Auto telefonierte, ging Evert den schmalen Weg neben der Straße entlang. Fiete hängte die Nase in den frischen ostfriesischen Nordwind, der angenehm kühl war. Die Sonne stand hoch am klaren blauen Himmel.

Als Evert nach einigen Hundert Metern anhielt, um zum Dienstwagen zurückzugehen, sah ihn sein schwarzer Labrador Retriever erwartungsvoll an.

»Ich weiß, du willst noch weiter. Die letzten Tage gab es nur kleine Spaziergänge, und du brauchst Bewegung. Wenn der Fall abgeschlossen ist, gibt es für dich auch wieder eine richtig große Runde. Versprochen.« Er zog sanft an der Leine, um zurückzugehen. Fiete machte ein brummendes Geräusch, folgte aber ohne weiteren Widerstand. Sie gingen zum Dienstwagen, und Evert ließ Fiete in die Box im Kofferraum. Nachdem er ihm den Kopf gestreichelt hatte, schloss er das Gitter und setzte sich auf die Beifahrerseite des Fahrzeugs.

Wiebke hatte in diesem Moment aufgelegt. »Wir fahren zu Feenkamp. Abbo hat mir genehmigt, dass wir ihn vorläufig festnehmen. Immerhin haben wir eine belastende Aussage in dem Fall Sanderling und einen dringenden Tatverdacht im Fall Tamma. Aber das ist primär zur Einschüchterung gedacht. Wenn wir ihn nicht dazu bekommen, eine vernünftige Aussage zu machen, müssen wir uns sehr streng an die Vorschriften halten.«

»Wissen wir, wo er im Moment ist?«

»Ich habe gerade bei seiner Arbeitsstelle angerufen. Angeblich feiert er Überstunden ab. Die Kollegin vom Amt meinte, er sei vermutlich zu Hause oder im Fitnessstudio und sagte mir auch, in welchem.«

»Dann finden wir mal heraus, wo er ist.«

Sie fuhren los. Die Rückfahrt nach Aurich dauerte eine Weile. Als sie schließlich bei Herrn Feenkamp zu Hause ankamen, war sofort klar, dass er nicht da war. Sein auffälliges blaues Cabrio fehlte, und als sie klingelten, öffnete ihnen keiner die Tür. Also fuhren sie weiter zur Adresse des Fitnessstudios. Das lag östlich vom Auricher Stadtzentrum am Hoheberger Weg. Hier bogen sie auf den Parkplatz eines großen Gebäudes ein. Im oberen Stockwerk waren offenbar Wohnungen untergebracht, während das Untergeschoss einmal aus zwei Ladeneinheiten bestanden hatte. Die hatte man offenbar erst später zusammengelegt, denn es gab zwei Türen, und die ursprüngliche Struktur war noch gut zu erkennen. Durch einen Teil der Schaufensterfläche war gut zu sehen, dass im Inneren eine Reihe von Sportgeräten standen.

Als sie ausstiegen, ließ Evert seinen Hund aus dem Auto. Sie hatten zwei Parkplätze neben dem blauen Cabrio von Gaiken Feenkamp geparkt.

Der kam auch in diesem Moment durch eine der beiden Türen des Fitnessstudios heraus. Er sah verschwitzt aus und trug eine kurze Hose sowie ein Hemd, bei dem die Arme abgeschnitten waren. Deutlich sichtbar waren seine kräftigen Oberarme.

»Ja, moin«, sagte er. »Also, zum Trainieren hier? Habe ich Eindruck gemacht und ein Beispiel gesetzt?«

»Wir sind Ihretwegen hier, also, gewissermaßen ja«, sagte Evert und ging zu ihm.

»Wieso?«

»Herr Feenkamp, wir möchten mit Ihnen auf die Wache fahren und einige Dinge besprechen.«

»Ich sagte doch, das Benzin war …«
»Darum geht es nicht. Es geht um Jens Sanderling und Ihr Herumschrauben an dessen Auto.«
Es war, als hätte man einen Schalter umgelegt. Gaiken Feenkamp schleuderte seine Sporttasche direkt in Everts Gesicht. Der hob die Hände zur Abwehr, doch er war eine Sekunde zu spät. Offenbar waren in der Tasche auch Turnschuhe, denn irgendetwas Hartes traf ihn und brachte ihn zum Stolpern.
Während Wiebke ihre Dienstwaffe zog, rannte Gaiken Feenkamp zu seinem Wagen. Er schwang sich über die Fahrertür direkt ins Innere des Autos, steckte den Schlüssel ins Schloss, und der Motor heulte auf.
»Fiete, fass«, rief Evert, der auf dem Rücken gelandet war und im Aufstehen nach seiner Dienstwaffe griff.
Gaiken Feenkamp gab Vollgas. Die Reifen quietschen.
Fiete sprang nach nur wenigen Schritten auf den Kofferraum des Cabrios.
Wiebke zielte mit der Dienstwaffe. Der Wagen raste davon.
Sie fluchte, während Evert nun neben ihr stand und beobachtete, was geschah. Fiete kletterte auf die Rückbank des Autos.
Da Everts Kollegin nicht mitten in der Stadt herumschießen konnte, steckte sie ihre Waffe weg und riss die Tür des Dienstwagens auf. Noch bevor Evert richtig saß, hatte sie den Motor schon angeschaltet und den Rückwärtsgang eingelegt. Sie fuhr aus der Parklücke. Wiebke gab Vollgas und fuhr dem flüchtenden Cabrio hinterher.
Gaiken Feenkamp schien mit Fiete zu kämpfen. Der Hund hatte sich in seinem rechten Arm verbissen und befand sich auf dem Beifahrersitz. Mit der linken, freien Hand hielt der Mann das Steuer und fuhr die Straße entlang. Wegen der Schlangenlinien, die er fuhr, bekam er mehrfaches Hupen des Gegenverkehrs zu hören. Der Hoheberger Weg endete, als er in Aurich auf die Große Mühlenwallstraße traf. Die T-Kreuzung war zwischenzeitlich mit den Abbiegespuren sogar sechsspurig.

Der blaue Wagen raste mit voller Fahrt auf die Kreuzung zu. In diesem Moment begann ein Hupkonzert, als andere Autofahrer des in Schlangenlinien fahrenden Cabrios gewahr wurden.

Ein kleiner Lkw hatte nicht mehr die Zeit, rechtzeitig auszuweichen. Gaiken Feenkamp trat in die Bremsen, seine Reifen quietschten, und er streifte das Ende des kleinen Lkws und rutschte quer über die Kreuzung in den Grünstreifen auf der gegenüberliegenden Seite der Stelle, wo der Hoheberger Weg auf die Große Mühlenwallstraße traf.

Wiebke fuhr mit eingeschaltetem Blaulicht über die Kreuzung, direkt hinter dem Fahrzeug her. Sie hatten Glück, dass in diesem Moment offenbar die Ampelanlage umgesprungen war, sodass der Verkehr der Große Mühlenwallstraße sowieso rot hatte. Das Hupkonzert nahm zu.

Als sie neben dem Cabrio hielten, sprang Evert mit gezogener Dienstwaffe aus dem Auto.

Fiete hatte sich in den rechten Arm von Gaiken Feenkamp verbissen. Der Mann hatte eine Platzwunde am Kopf, offenbar von seinem Lenkrad.

»Fiete, lass los«, wies Evert den Hund an, der noch immer knurrte.

Widerwillig ließ er den Arm des Mannes frei, der jammerte, während Wiebke die Tür des Fahrzeugs öffnete.

»Sie können von Glück sagen, dass Sie angeschnallt waren«, sagte sie. »Ich verzichte auf die Handschellen in Anbetracht Ihres Arms, wenn Sie sich zu benehmen wissen. Haben wir eine Abmachung?«

Gaiken Feenkamp nickte. »Ja, halten Sie nur dieses Vieh von mir fern!«

Evert ging noch immer mit der Waffe in der Hand zur Beifahrerseite und sah sich Fiete an. Er fuhr vorsichtig durch dessen Fell. »Ist gut«, sagte er. »Hast du gut gemacht.« Er kontrollierte beim sanften Streicheln des Hundes, ob es eine offensichtliche Wunde gab oder der Hund zuckte, doch es schien alles in Ordnung zu sein.

Die Sirenen von Polizeiautos waren zu hören.

*

Nachdem Gaiken Feenkamp medizinisch versorgt worden war, brachten sie ihn zur Polizeiwache Aurich. Dort saß er schlussendlich in einer Verhörzelle.

Evert und Wiebke betraten den Raum. Evert hatte Fiete derweil zum Tierarzt gebracht, damit der Hund untersucht wurde. Immerhin war er nicht angeschnallt gewesen, als der Wagen abrupt gestoppt hatte, auch wenn Herr Feenkamp bereits im Bremsen begriffen gewesen war.

Der Tierarzt hatte gesagt, er wollte den Hund noch etwas zur Beobachtung dabehalten, doch es sah aus, als hätte Fiete Glück gehabt.

Evert und Wiebke setzten sich auf die freien Stühle gegenüber von Gaiken Feenkamp.

»Sie sagten unserem Kollegen, der auf Sie aufgepasst hat, dass Sie Redebedarf haben?«

»Sie wissen doch schon alles, oder?«

»Wir wissen, dass Sie Jens Sanderling und Feiko Tamma getötet haben. Wir wissen nur nicht, wieso«, bluffte Evert.

Dass sie bisher nur eine Reihe Indizien hatten, musste er seinem Gegenüber ja nicht sagen.

»Es war wichtig.«

»Wieso?«

»Weil Sie eine Bedrohung waren. Alle beide.«

Evert hob die Augenbrauen. Sein Gegenüber wirkte mitgenommen, aber es war klar, dass Herrn Feenkamp wichtig war, dass man ihn verstand.

Evert hatte das schon einige Male gesehen. Manche Menschen trugen so lange ein Geheimnis mit sich herum, dass sie es als Erleichterung empfanden, es endlich loszuwerden.

»Was meinen Sie?«

»Sanderling hätte irgendwann seine Frau umgebracht. Er hat sie gewürgt. Wissen Sie, wie oft sie ihren Hals blau hatte, wie oft sie dort Flecken hatte, wenn ich mit ihr gesprochen habe? Sie hat gesagt, das ist nichts. Aber das waren keine Knutschflecke. Er hatte in seiner Akte mehrere Fälle von gewürgten Frauen und

Männern. Sanderling war eine tickende Zeitbombe, und wissen Sie was? Man konnte gar nichts tun. Ich konnte niemandem sagen, dass er wegsollte, weil Leute wie Sie erst aktiv werden, nachdem etwas passiert ist.«

»Also wurden Sie aktiv.«

»Ich habe lediglich seine Bremsen … bearbeitet. Den Rest hat er gemacht.«

»Und Feiko Tamma? Sie sagten, Sie hätten große Hoffnungen gehabt.«

»Ach was! Feiko Tamma war genauso ein Kerl wie Sanderling. Es war völlig klar, dass er wieder straffällig wird. Er hat mich gefragt, wie er gegen seinen Bruder vorgehen kann. Er war oberflächlich ruhig, aber ich kann nach all den Jahren einem Kerl ansehen, ob er das schafft, oder ob er noch der gleiche ist. So einer hätte nie wieder etwas anderes getan, als Leuten zu schaden. Ich bin zu ihm gefahren. Ich habe gewartet und … Es ist nicht schade drum. Hätte ich warten sollen, bis er dem Nächsten die Nase bricht, bis er einen Mord begeht?«

»Sie haben ihm also die Gelegenheit genommen, ein Verbrechen zu begehen«, sagte Evert.

»Ja, und Sie sollten mir danken.«

»Das werde ich nicht. Sie haben ihm nämlich auch die Gelegenheit genommen, es besser zu machen, diesmal einen anderen Weg zu wählen.«

Evert nickte Wiebke zu. Sie verließen die Verhörzelle.

»Ich denke, der Papierkram kann auch morgen noch erledigt werden«, sagte er zu Wiebke. »Ich werd mal nach Fiete sehen.«

»Gib ihm ein Leckerchen von mir.«

»Mach ich, das hat er sich auch verdient.«

ENDE

Ostfrieslandkrimi-Empfehlungen des Klarant Verlages

Kennen Sie auch schon die anderen Bände der Ostfrieslandkrimi-Serie »**Ein Fall für Brookmer und Jacobs« von Martin Windebruch?**

Zwei gebürtige Auricher Ermittler gehen mit Polizeihund Fiete in Ostfriesland auf Verbrecherjagd! Dabei sind die Kollegen des Polizeikommissariats Aurich zunächst wenig begeistert, einen Theoretiker wie Dr. Evert Brookmer in ihr Team zu bekommen. Evert hat in Kriminologie promoviert, aber von wirklicher Polizeiarbeit hat der junge nach Aurich zurückgekehrte Kommissar doch keine Ahnung – oder?
Auch die heimatverbundene Kommissarin Wiebke Jacobs, der Evert zugeteilt wird, ist skeptisch, doch sie muss zugeben, dass der Neue mehr draufhat, als sie gedacht hätte. Denn Dr. Brookmer besitzt ein untrügliches Gespür dafür, wie man mit Leuten reden muss, während die introvertierte Wiebke manchmal etwas zu lange überlegt, bevor sie etwas sagt.
So werden die beiden ostfriesischen Ermittler schon bald zu einem richtigen Team, und wenn sie in einem Fall einmal partout nicht weiterkommen, erhält Evert oft den entscheidenden Hinweis von Oma Tieske, die in ihrem Kiosk stets über jedes aktuelle Gerücht informiert zu sein scheint.

In der Serie sind bereits folgende Ostfrieslandkrimis erschienen:

»Auricher Leichen«, Band 1
Taschenbuch-ISBN: 978-3-96586-477-1
eBook-ISBN: 978-3-96586-478-8

»Auricher Geheimnisse«, Band 2
Taschenbuch-ISBN: 978-3-96586-524-2
eBook-ISBN: 978-3-96586-525-9

»Auricher Gier«, Band 3
Taschenbuch-ISBN: 978-3-96586-609-6
eBook-ISBN: 978-3-96586-610-2

»Auricher Betrug«, Band 4
Taschenbuch-ISBN: 978-3-96586-656-0
eBook-ISBN: 978-3-96586-657-7

»Auricher Morde«, Band 5
Taschenbuch-ISBN: 978-3-96586-697-3
eBook-ISBN: 978-3-96586-698-0

»Auricher Tresor«, Band 6
Taschenbuch-ISBN: 978-3-96586-738-3
eBook-ISBN: 978-3-96586-739-0

»Auricher Fische«, Band 7
Taschenbuch-ISBN: 978-3-96586-791-8
eBook-ISBN: 978-3-96586-792-5

»Auricher Zeuge«, Band 8
Taschenbuch-ISBN: 978-3-96586-916-5
eBook-ISBN: 978-3-96586-917-2

»Auricher Jubiläum«, Band 9
Taschenbuch-ISBN: 978-3-96586-949-3
eBook-ISBN: 978-3-96586-950-9

»Auricher Kiste«, Band 10
Taschenbuch-ISBN: 978-3-96586-997-4
eBook-ISBN: 978-3-96586-998-1

»Auricher Erbe«, Band 11
Taschenbuch-ISBN: 978-3-68975-050-3
eBook-ISBN: 978-3-68975-051-0

»Auricher Gold«, Band 12
Taschenbuch-ISBN: 978-3-68975-187-6
eBook-ISBN: 978-3-68975-188-3

Auricher Liebesmord«, Band 13
Taschenbuch-ISBN: 978-3-68975-222-4
eBook-ISBN: 978-3-68975-223-1

Auricher Hass«, Band 14
Taschenbuch-ISBN: 978-3-68975-300-9
eBook-ISBN: 978-3-68975-301-6